NOUS SOMMES CRUELS

Camille de Peretti a vingt-sept ans. Elle est l'auteur de *Thornytorinx* (Belfond, 2005) et de *Nous vieillirons ensemble* (Stock, 2008).

CAMILLE DE PERETTI

Nous sommes cruels

ROMAN

STOCK

ISBN : 978-2-253-12180-0 – 1re publication LGF

À ma sœur
(qui tchate sur MSN)

On s'ennuie de tout, mon ange, c'est une loi de la nature ; ce n'est pas ma faute.

Laclos, *Les Liaisons dangereuses.*

PREMIÈRE PARTIE

Delicta juventutis meae
et ignorantias meas ne memineris [...]

Psaume 25,7 – Psaumes de David.

Lettre 1
Julien à Camille
À Paris

Il y a des signes qui ne trompent pas, et moi je sais que nous sommes faits pour nous entendre. L'urgence me pousse à écrire cette lettre. Les épreuves du bac viennent de se terminer et peut-être n'aurai-je plus l'occasion – même si j'ai médiocrement échoué à toutes celles qui se sont présentées à moi ces dernières années – de savoir si oui ou non tu es celle que j'ai rêvée. Six ans à te croiser dans les couloirs de l'école sans jamais avoir osé te parler et maintenant que je dois partir, j'ai l'impression que je suis passé à côté de la plus belle histoire, de la plus belle rencontre de ma vie. Ne te méprends pas, ma démarche n'est pas celle d'un amoureux. Tu es une jolie fille Camille et j'ai eu le temps d'apprendre ton nom. Tu me connais sûrement de réputation. Tout est faux. Je me fiche que tu sois jolie, je ne veux ni t'inviter au cinéma ni avoir le droit officiel de te tenir la main, je veux te connaître et me dire que je ne me suis pas trompé. Nous pourrions commencer par une correspondance fondée sur le respect et la franchise. Je pars demain pour la Corse, tu pourras m'écrire à l'adresse indiquée au dos de cette missive pour le moins péremptoire, mais de grandes choses nous attendent et je te demande de me faire confiance.

De Paris, ce 10 juillet 19**

LETTRE 2
Camille à Nini
À Cannes

Bon, j'ai pris mes billets de train et j'arriverai lundi prochain à 14 heures. J'espère que tu vas bien et que tu n'oublieras pas de venir me chercher à la gare. Si seulement tu faisais un peu moins la folle, nous n'en serions pas là. Tu prétends toujours que tu es malade, mais moi je dis que tu es une grande comédienne qui aime qu'on la traite comme une enfant à soixante-dix ans passés, et ça ne va pas en s'arrangeant, si tu veux mon avis. Si je suis dure, c'est parce que je t'aime et que tu es ma grand-mère préférée. J'ai hâte de te voir et de retrouver cette maison chère à mon cœur, le soleil et les hibiscus. Je t'en supplie : tiens-toi tranquille jusqu'à mon arrivée, je n'ai pas envie de passer mes vacances entre la plage et l'hôpital psychiatrique, si tu vois ce que je veux dire. En vrai, fais bien attention à toi, Ninotchka.

De Paris, ce 12 juillet 19**

Lettre 3
Marie à Tess
À Cape Cod

La Normandie on a beau dire, c'est calme. Les vertes prairies, les rares éclaircies et Charles qui tend des pièges aux innombrables taupes du jardin (il a trouvé tout dernièrement un système qui les fait littéralement exploser). Plus que deux semaines avant de te rejoindre à Cape Cod, le temps pour moi de terminer ma liste de lecture. J'ai bien peur de ne pas avoir une âme de philosophe, nous verrons bien. Est-ce qu'il fait beau là-bas au moins ? J'espère que toute ta famille se porte à merveille, dis-moi si ça leur ferait plaisir que j'apporte quelque chose de spécial. À très vite. Kiss Kiss

De Le Bec-Hellouin, ce 10 juillet 19**

Lettre 4
Camille à Julien
À Sartène

Oui, pourquoi ne pas vous faire confiance ? J'ai toujours rêvé d'un ami qui me comprenne et surtout qui n'ait peur de rien. Des préjugés me direz-vous. Certes, votre réputation de « turbulent » n'est plus à faire, et vous avez arboré des coquards assez de fois pour en fournir la preuve. Plus simplement, avouez qu'il faut un peu d'audace pour m'annoncer que nous sommes faits pour nous entendre, comme ça, sans avoir d'autre connaissance de moi que ma garde-robe.

De vous je sais que vous êtes d'un an mon aîné, vous parlez fort, votre petite amie est un laideron et, par déduction de ce qui a été dit plus haut, vous êtes bagarreur. Que notre correspondance ne tourne pas à l'amour et tout sera pour le mieux. Je suis impatiente de découvrir celui qui se cache derrière un œil atrophié trois fois l'an. Dites-moi quelles sont vos lectures, je vous dirai les miennes. Pour le reste, ma couleur préférée est le rose, je n'aime que la musique classique et les grandes villes, en été je prends de terribles coups de soleil, et je passe mes vacances à Cannes à l'adresse indiquée au dos de cette enveloppe.

De Cannes, ce 19 juillet 19**

Lettre 5
Julien à William
À Londres

Pas trop difficile la vie de château dans la campagne anglaise mon Chou ? De mon côté je vis le grand amour sous les figuiers et surtout j'ai reçu une lettre de Camille. Beaucoup plus froide et prétentieuse qu'elle ne l'est véritablement – du moins je lui laisse le bénéfice du doute. Elle n'a pas encore fait le lien entre toi et moi et c'est tant mieux, chaque chose en son temps. Amuse-toi bien avec les rosbifs et tiens-moi au courant.

De Sartène, ce 22 juillet 19**

Lettre 6
Julien à Camille
À Cannes

Je commencerai par vous présenter mes plus plates excuses, effectivement je n'avais pas à vous tutoyer. Votre lettre m'a fait le plus grand plaisir, ainsi vous acceptez. Oui nous allons nous connaître et mieux que cela nous allons nous aimer. Je serai votre chevalier sans peur, votre paladin et vous serez ma princesse des roses. Mes lectures sont Chrétien de Troyes, Alexandre Dumas et les Mémoires de Sainte-Hélène. Je suis inscrit l'année prochaine en hypokhâgne à Saint-Cyr et je suis champion d'escrime. Je vis hors du temps et la Corse me le rend bien. Je passe de merveilleuses vacances avec celle que vous nommez un laideron – et sachez que je la tiendrai en dehors de notre correspondance ainsi vous pourrez continuer de l'insulter à loisir, elle n'en saura rien.

De Sartène, ce 22 juillet 19**

Lettre 7
Camille à Marie
À Le Bec-Hellouin

Je suis rouge comme une écrevisse, ma peau me brûle et la Biafine n'y fait rien, la routine. Nini est toujours aussi folle, mais c'est plus facile que je ne me l'imaginais. Tant que ses médicaments sont dosés à peu près correctement et qu'elle reste loin de la bouteille de rosé, tout est encore jouable. C'est fou comme cette femme a changé. Elle reste amusante et bien sûr elle est très intelligente et cultivée, mais elle est devenue comme les poissons rouges : aucune mémoire courte, elle passe du coq à l'âne, elle ressasse toujours les mêmes vieilles histoires sans aller jusqu'au bout ; ça laisse un goût d'inachevé à tous nos dîners. C'est très difficile de la prendre au sérieux même quand soudain elle l'est. Effrayant.

Des nouvelles de Julien. Tu sais qu'il m'avait écrit une lettre enflammée avant les vacances, du genre rencontrons-nous ta vie va changer. Bon, la blague n'est pas là, Julien s'avère être le grand copain de William. C'est Tess qui le sait de son frère. Ah là, on ne joue plus. Si cet imbécile pouvait faire que je me rapproche de William, nous pourrions enfin reprendre notre danse là où nous l'avions laissée. Amuse-toi bien à Cape Cod, embrasse Tess et Bruce pour moi.

De Cannes, ce 1er août 19**

LETTRE 8
William à Bruce
À Cape Cod

Cheers mate ! Les Monthy Python sont anglais et malheureusement tous les Anglais ne sont pas des monthypythons. Je m'ennuie et j'ai du mal à rire aux blagues catastrophiques de ma toute dernière belle-mère. Heureusement, si elle tient aussi longtemps que la précédente, je devrais être débarrassé d'elle avant la fin de la semaine prochaine. Mon père est toujours égal à lui-même, il a fait l'acquisition d'un troisième téléphone portable et j'ai un crédit de trente-sept secondes si je veux avoir une conversation avec lui avant d'être interrompu par une sonnerie. On sort beaucoup, au théâtre surtout, il fait de son mieux, je ne sais pas comment lui annoncer le remariage de maman. My kingdom pour que quelqu'un le lui dise à ma place. Il pleut. Aucune nouvelle de cette petite pute d'Anastasia, de toute façon je m'en fous complètement, j'ai un nouveau target pour la rentrée, je te raconterai.

De Londres, ce 3 août 19**

LETTRE 9
Camille à Julien
À Sartène

Comme vous y allez. Paladin, amour courtois et Histoire de France ; je propose Laclos. Non seulement il est l'auteur de mon livre préféré, mais surtout ce sera beaucoup plus amusant. Je serai Merteuil et vous serez Valmont, nous nous dirons tout, comme vous le suggériez dans votre première lettre, et nous intriguerons, ce qui vous tirera de l'angoisse des soirées entre garçons au pensionnat de Saint-Cyr, car je me suis renseignée. Oui j'ai bien pensé à vous et je me suis demandé ce que nous pourrions faire de toute cette énergie platonique. J'ai cherché des défis chevaleresques en vain ; des défis amoureux qui incluraient des tiers me semblent plus réalistes. Qu'en dites-vous ? Il faudra bien sûr établir des règles au préalable, mais je ne désespère pas de notre mutuelle inventivité en la matière. Je quitte Cannes demain, écrivez-moi ce que vous pensez de mon petit projet à mon adresse parisienne. Adieu, recommandez-moi aux prières de votre laideron.

De Cannes, ce 4 août 19**

Lettre 10
Nini à Camille
À Paris

Tu me manques. Tu ne réponds jamais au téléphone. Écris-moi au moins. Quand j'étais magistrat j'ai jugé un chien. J'étais la première à le faire. Mon père est mort dans d'atroces souffrances. Maman s'est bien occupée de lui. Je suis malade. Je ne fais pas la comédie comme mon père qui construisait des ponts. Je mangeais toujours toute seule parce qu'on avait un chat je faisais des boulettes pour lui. Je t'embrasse comme je t'aime et tes hibiscus tu ne les as pas emportés.

De Cannes, ce 10 août 19**

Lettre 11
Marie à Camille
À Paris

Quand on a souhaité quelque chose pendant très longtemps (se le figurant paré de toutes les couleurs du rêve et de l'impossible) c'est très étonnant de voir notre réaction si on l'obtient. Tu l'auras compris mon amie, ma demande d'échange a été acceptée (contre toute attente) et me voilà aux États-Unis pour beaucoup plus longtemps qu'un été. Et ça me rend terriblement triste quand je l'ai espéré avec tant de rage. C'est à n'y rien comprendre. Les vacances se terminent, Tess et Bruce rentrent à Paris, je reste. L'excitation me suffoque, je suis ravie bien entendu mais j'ai une boule au ventre depuis que j'ai reçu la grande nouvelle. Un an à ne plus nous voir, un an loin de nos amis, de ma famille, de Paris, de toi surtout, c'est terrifiant. Il faudra beaucoup m'écrire pour tout me dire et ne pas oublier ton amie. Passer le bac toute seule, ne plus être assise à côté de toi en classe, ne plus rentrer en métro ensemble, tout cela paraît absurde au plus haut point. Mes parents sont sur la lune (tu penses bien, pour eux c'est la classe internationale) ils disent que c'est une expérience très enrichissante et tout le tralala. Je ne t'abandonne pas. Je pars de Cape Cod à la fin de la semaine pour New York où je vais découvrir le visage de ma famille d'adoption (en espérant que ce ne soit pas des abrutis). Je t'appellerai pour te donner ma nouvelle adresse dès que je saurai. Souhaite-moi bonne chance, je t'embrasse de tout le sel de mes larmes.

PS : Impossible de cuisiner Bruce à propos de William, comme je suis l'amie de sa grande sœur, il se méfie un peu de moi je crois.

De Cape Cod, ce 15 août 19**

LETTRE 12
Bruce à William
À Londres

Je compatis, et pour ta belle-mère et pour les English de manière générale. Et je ne dis pas ça pour faire mon patriote, mais je me sens vraiment bien ici, même si je suis né en France, je me sens américain, je peux pas m'en empêcher, maybe thanks to their hamburgers. Le retour à Paris s'annonce rude, en plus Marie va rester à New York pour faire un échange. Oui, oui, je sais, je n'ai aucune chance, elle est la grande copine de Tess, elle est plus vieille que moi – mais un an c'est vraiment pas grand-chose, God damn it ! Non, le vrai problème man, c'est que je suis nul, complètement débile quand elle est là, impossible d'articuler le moindre truc cohérent. Moi qui m'imaginais que ces vacances allaient être les plus belles de ma vie, j'ai vécu un fucking cauchemar. Et puis ici on passe sa vie en maillot de bain et je peux te dire qu'elle est vraiment bien foutue. Le drame, l'alliance impossible d'une fille canon et d'un boulet. Blague à part, ça me saoule de retourner en cours. Heureusement tu seras là. J'espère qu'ils auront la bêtise de nous mettre dans la même classe. See you then.

De Cape Cod, ce 18 août 19**

LETTRE 13
Camille à Nini
À Cannes

Tu as raison, je suis une petite-fille ingrate. Elles étaient vraiment bien ces vacances et je t'en remercie. Dans la vie parfois on est triste et on ne pense qu'à son petit malheur personnalisé, voilà. Et puis tu sais très bien que je déteste le téléphone. Si tu pouvais glisser trois hibiscus écrabouillés dans ta prochaine lettre, le mal serait réparé. Je t'embrasse, ma Ninotchka, fais bien attention à toi.

De Paris, ce 22 août 19**

LETTRE 14
Julien à Camille
À Paris

Vos ordres sont charmants ma très belle Marquise. Bien entendu j'ai lu ce livre, mais j'avais peur de vous effrayer en vous annonçant dès la deuxième lettre qu'il était – aussi – mon préféré. Ne vous avais-je pas dit que nous étions faits pour nous entendre ? Établissons donc des règles avec méthode :

1) L'un et l'autre nous serons chasseurs.

2) L'un pour l'autre nous désignerons des « proies ».

3) L'un comme l'autre nous relèverons le « défi » de les entreprendre.

4) L'un à l'autre nous rapporterons des « trophées » – preuves écrites que la proie aura cédé.

5) Ni l'un ni l'autre nous ne succomberons à la tentation de tomber amoureux d'une « proie » – comme de l'un ou de l'autre, cela va de soi.

Mis à part un vocable chevaleresque, je crois être resté fidèle à l'esprit de notre maître. Si vous acceptez ces conditions, je vous proposerai une proie dès ma prochaine lettre. Il ne me reste plus qu'à me débarrasser de ma tendre fiancée. Je m'en remets entièrement à vous pour le choix de la prochaine – en espérant qu'elle vous plaira plus que la précédente.

Adieu, je suis sans compliments, comme sans réserve, entièrement à vous.

De Sartène, ce 25 août 19**

LETTRE 15
Camille à Julien
À Sartène

Tout est parfait, et je n'en attendais pas moins de vous. Occupez-vous sérieusement de cette rupture, et envoyez-moi ce premier trophée pour sceller notre pacte de bonne entente. J'ai hâte que vous m'instruisiez de mon premier défi. Votre servante, Vicomte.

De Paris, ce 27 août 19**

LETTRE 16
Camille à Marie
À New York

Pardonne-moi pour tous ces blancs, pardonne-moi, petite bergère de mon cœur. J'avais prévu de te dire tant de choses, et puis ta voix comme ça si proche tout d'un coup alors que je te sentais si loin ; j'ai perdu tous mes serments d'amitié éternelle, je n'ai même pas su te dire combien tu allais me manquer, combien j'avais été malheureuse à la lecture de ta lettre.

Je te déteste, je te hais, comment oses-tu m'abandonner ? Je m'en fous moi de Chloé, de Constance et de Daphnée. Il me reste Esther et Alexandra, bien sûr, mais elles sont dans un autre lycée, et ça n'est plus comme avant. Et même, huit stations de métro c'est un faux problème, car c'est toi que j'aime. Il n'y a que toi qui me comprennes, il n'y a que Marie pour me dire que je suis insupportable mais supportée. C'est bien, je suis contente pour toi, New York est une grande ville droite, tu seras bien là-bas. Et puis un an ça passe très vite, tu verras je te raconterai tout, ce sera comme si tu étais au milieu de nos pauvres tourmentes de pétasses parisiennes en devenir. Tu m'écriras la neige à Central Park et le vent qui s'engouffre entre les hautes tours, les briques rouges et les pancakes avec du sirop d'érable au petit déjeuner.

Mon amie, tu ne seras plus là pour me dire si appeler prend un ou deux l, il faudra que je m'achète un effaceur, et je fumerai mes cigarettes toute seule. Mais ne t'inquiète pas, surtout fais bien attention à toi et ne prends pas l'accent américain.

De Paris, ce 1er septembre 19**

LETTRE 17
Stanislas à Camille
Casier n° 428

Tu me fais tourner la tête et je ne sais même pas si tu te souviens de moi. Je t'ai croisée par hasard dimanche dernier au café M..., mais je t'avais déjà invitée à danser. Il y a six mois de cela, tu m'avais dit que tu t'appelais Camille et j'avais voulu faire le malin en te répondant que j'étais Perdican. Tu t'es bien moquée de moi, depuis plus rien, je t'ai vue danser dans les bras d'un autre, puis d'un autre encore. Si je promettais de ne plus badiner, consentirais-tu à dîner avec moi ? Samedi prochain à 20 heures au restaurant indien en face de l'école, ou dans un autre, comme tu voudras. Tu n'auras qu'à glisser un petit bout de papier dans mon casier n° 532. Mon véritable nom est Stanislas de Berg.

Du cours de philosophie, ce 8 septembre 19**

Lettre 18
Julien à William
À Paris

J'espère que ta rentrée s'est bien passée mon Chou. Quant à moi Saint-Cyr dépasse mes attentes. Napoléon est assez loin, j'ai peur de m'être trompé de siècle. Mes corelégionnaires sont de joyeux bourrins qui décorent leur chambre avec des posters de porte-avions et de chars, derniers modèles bien sûr. Mon camarade de chambre, lui, ne jure que par les hélicoptères, c'est un original. Notre emploi du temps est très chargé, mais les cours n'ont pas encore commencé – bahutage oblige. Je te donne le dicton du jour juste pour que tu aies un aperçu : « La liberté consiste à se discipliner soi-même, avant de se faire discipliner par les autres. » Du Montesquieu version sauve-qui-peut. Apparemment je suis le seul que cette perspective ne réjouisse pas. Ma vision de l'armée est peut-être un peu individualiste, mais je n'ai pas hâte d'être assimilé à coups de chansons paillardes et de cent pompes au réveil. Une journée entière pour nous expliquer le règlement intérieur de l'établissement. Complètement absurde mon Chou, si tu veux mon avis. Des règles pour chaque étage et pour chaque couloir, passer à droite de la statue de la cour principale plutôt qu'à gauche, sinon c'est la quasi-excommunication, je t'épargne le reste.

Parlons de choses sérieuses, je me suis débarrassé d'Amélie en lui donnant de mauvaises raisons et j'ai foutu Stanislas dans les pattes de Camille. Je sais que ça retarde un peu nos plans, mais tout vient à point à qui sait attendre – et puis entre nous je lui devais bien ça. Raconte-moi ta vie de là-bas – du monde libre s'entend – et tâche de me faire rire. Je crois que je vais en avoir besoin.

De Saint-Cyr, ce 10 septembre 19**

LETTRE 19
Jointe aux LETTRES 17 et 20
Camille à Julien
À Saint-Cyr

Lisez donc, Vicomte ! J'ai déjà reçu une lettre de notre petit Stanislas. Et d'une rare effronterie qui plus est. Je me suis même demandé si vous n'étiez pas la cause de ce soudain droit-au-butisme. Il faut dire que même si la partie était facile, vous aviez merveilleusement tout manigancé. Notre première rencontre tout d'abord, qui a comblé mes espérances et où vous m'apparûtes si vivant en comparaison de votre écriture penchée. Quand vous m'avez téléphoné à votre retour de Corse, et proposé que nous nous voyions enfin, j'ai eu peur. Peur d'être déçue très certainement, mais aussi de vous décevoir, de ne pas être aussi merteuillesque que mes écrits. Vous m'avez plu. Voilà, c'est dit. Devenons de grands amis. Vous aviez raison car nous sommes faits pour nous comprendre. Cette tournure d'esprit que nous partageons, jamais je n'aurais pensé cela, et surtout pas pour vous, pas de vous ; c'est un miracle, une divine surprise, vous êtes le malin complice que j'ai toujours espéré. Un seul de vos regards m'a suffi pour comprendre que Stanislas ne passait pas devant la terrasse du café par hasard. Vous me l'avez livré sur un plateau d'argent, et je vous en remercie. Il me plaît aussi entre nous soit dit. Je relève le défi. Pour vous le prouver, je joins à cette lettre son invitation à dîner et le brouillon de la réponse qui lui sera livrée dans son casier demain, j'ai cru bon de le faire attendre jusqu'à vendredi. Je suis sûre que vous apprécierez cette finesse. Quant à vous, ne me faites pas languir. Plus de ça entre nous.

De Paris, ce 10 septembre 19**

LETTRE 20
Camille à Stanislas
Casier n° 532

Comment ne pas me souvenir de cette danse ? De ta réponse déjà toute faite et de ton embarras d'alors ? Ces yeux faussement surpris lorsque nous nous sommes croisés la veille de la rentrée, alors que tu avais tout manigancé avec Julien. Si tu veux jouer avec moi, tu te casseras les dents. Te voilà prévenu. À samedi donc, 20 heures.

Du cours d'art plastique, ce 11 septembre 19**

Lettre 21
Marie à Camille
À Paris

Tout va. Bien. Tout avance. Vite. Ma nouvelle famille : un père qui travaille chez IBM, une mère au foyer avec un brushing impeccable, une fille de mon âge, Samantha, plutôt jolie, très fille (elle pense que la complicité s'installe à partir du moment où on parle de nos tailles de soutiens-gorge) et son grand frère, vingt ans, cheveux gras, casquette et jean qui lui tombe en bas des fesses, Michael, sympa, sans plus, il est à l'université, il rentre les week-ends et n'adresse jamais la parole à sa sœur (ni à moi d'ailleurs). Ils ont un gros chien aussi qui bave partout. J'ai une chambre avec un grand lit, du papier peint à fleurs et vue sur Central Park. Le lycée français est plein d'enfants d'expatriés contents d'eux. Les cours et les profs suintent la pédagogie à l'américaine. Tout va bien. Ne t'en fais pas pour moi. Je marche des heures entières le nez en l'air, cette ville est magnifique. Ce soir on va dîner dans Chinatown, ils sont gentils tu sais, j'ai de la chance. Tu me manques mon amie.

De New York, ce 11 septembre 19**

Lettre 22
William à Julien
À Saint-Cyr

Depuis le temps que je te dis que tu n'es pas fait pour la carrière militaire. Au moins, tu ne peux t'en prendre qu'à ta petite personne. Ici rien à signaler, rien de drôle en tout cas. Les pétasses de l'école sont toujours les mêmes, Camille et Tess passent dans la cour comme des reines de Saba et elles m'exaspèrent. Il paraît que leur grande copine est allée au lycée français de New York. Les cours restent les cours. Je traîne avec Bruce qui est vraiment un mec cool. On mate, on rigole. Je lui ai montré mes poèmes, il a dit que c'étaient des conneries. Ma mère sourit toute la journée et ne parle que de la liste des invités pour son mariage, by the way tu en fais partie, j'espère que tu pourras te libérer de tes obligations, histoire de se coller une énorme mine. Je ne l'ai toujours pas dit à mon père, après tout elle n'a qu'à s'en charger. Non, rien de bien intéressant, mon chou.

Si tu veux mon avis, tu ne « dois » rien à Stanislas, ce mec est un boulet. Je suis sûr que ça ne marchera pas entre eux.

Bon courage avec tes amis les fachos. Si je peux me permettre un conseil : fais pas trop de pompes, t'es bien assez baraqué comme ça.

De Paris, ce 15 septembre 19**

LETTRE 23
Nini à Camille
À Paris

Mon téléphone est le 04 34 58 76 32. Tu l'as perdu. Jeanne est partie elle s'occupe bien de mes chiens je ne peux pas les promener. Mon dos me fait mal. Je ne bois pas de rosé tu dis que je bois du rosé mais ça n'est pas vrai. Je n'ai pas le droit avec mes médicaments. Le médecin me donne des bonnes ordonnances. Je suis malade même si tu ne veux pas. Tu ne m'écris pas. Jamais. Tu as mon téléphone. Tu peux venir pour les vacances on mangera des gambas chez Gérard. Je m'ennuie. Je t'aime ma chérie.

De Cannes, ce 15 septembre 19**

LETTRE 24
Marie à Tess
tessbaby@hotmail.com
Objet : Colchiques dans les prés

Hello petite chérie ! Comment vas-tu ? Merci beaucoup pour ton e-mail qui m'a fait très plaisir. C'est effectivement beaucoup plus simple et plus rapide. Je t'écris depuis mon adresse du lycée français. Ici la rentrée s'est bien passée. Ma nouvelle famille est assez typique (tous très sympas). J'essaie de sociabiliser du mieux que je peux (pour faire court, je raconte mes vacances à des inconnus).

Quant à Camille, ne t'inquiète pas pour elle, elle sait très bien ce qu'elle fait. J'avoue que le choix de Stanislas de Berg est pour le moins surprenant, mais si comme tu l'écris « ça ne l'a pas empêchée de se taper trois mecs en boîte juste après avoir dîné avec lui », alors je pense qu'elle n'est pas amoureuse et de fait elle n'a rien à craindre.

Voilà. À très vite. Kiss Kiss

De marie6@lycee-francais.ny.com,
ce 15 septembre 19**

Lettre 25
Julien à Camille
À Paris

Marquise vous ne respectez pas les règles. Dois-je être informé de vos avancées par quelqu'un d'autre que vous ? Vous avez fâché mon plaisir. Écouter les plats enthousiasmes de votre proie pendant plus d'une demi-heure au téléphone, que ce soit lui qui me raconte votre premier baiser sans avoir eu votre sarcastique version au préalable, quelle ennuyeuse surprise. J'ai attendu votre lettre jusqu'à mercredi. Je vous hais. Alors comme ça vous ne l'avez pas fait patienter, pas du tout, l'affaire était dans le sac au dessert ? Petite joueuse. J'espère au moins que le trophée sera à la hauteur de votre promptitude.

Daignez je vous prie m'expliquer cette attitude, divine Marquise. En attendant tâchez de calmer vos ardeurs en boîte de nuit, tout Paris est au courant.

De Saint-Cyr, ce 17 septembre 19**

Lettre 26
Stanislas à Camille
Casier n° 428

Camille, je n'ai toujours pas compris pourquoi tu ne voulais pas que notre amour se sache. J'obéis. Tu vois, j'en suis réduit à jeter discrètement cette petite feuille pliée en quatre dans la fente de ton casier. J'ai passé la plus douce soirée de ma vie et depuis pas un regard, pas un sourire, alors que ces couloirs nous voient nous croiser dix fois par jour. Camille, mon amour, cessons de badiner, demain mes cours se terminent à 17 h 30, je t'attendrai au square de la rue du C...

Du cours d'anglais, ce 17 septembre 19**

LETTRE 27
Bruce à Marie
À New York

Juste une petite carte avec la tour Eiffel pour te dire que Paris existe toujours. Tess et moi on espère que tu vas bien et que tu n'as pas encore perdu ton bronzage. On t'embrasse.

De Paris, ce 18 septembre 19**

LETTRE 28
Jointe à la LETTRE 26
Camille à Julien
À Saint-Cyr

Je vous défends, m'entendez-vous ? Je vous défends de juger mon orchestration. Vous ne m'avez pas désigné une proie, vous m'avez apporté un poulet rôti, il fallait le manger tant qu'il était chaud. Je vous envoie notre premier trophée ; soit dit en passant, j'attends toujours votre lettre de rupture avec la très belle Amélie, à croire que c'est vous qui envoyez nos règles par-dessus les moulins. Vous ne le méritez pas, mais je cède au plaisir de vous faire lire les maux de celui qui a osé vous appeler pour vous dire son contentement – serait-ce sa gratitude ? – et qui, dès sa première lettre d'amoureux comblé, use du lexique de l'obéissance. Jugez vous-même, et tenez-vous à distance.

Adieu. Je vous aime pourtant comme si vous étiez raisonnable.

De Paris, ce 18 septembre 19**

LETTRE 29
Julien à William
À Paris

Saint-Cyr est un bagne mon Chou. Pire que tout ce que j'aurais pu imaginer. Les cours me tuent, cinq livres à avaler dans la nuit si tu veux pouvoir suivre le lendemain matin et des balades de dix kilomètres au pas de course dès le réveil, des ordres toujours des ordres, le lit au carré et des pompes à la moindre incartade. Je ne sens plus mes bras. Paraîtrait que « la sueur épargne le sang », la bonne nouvelle. Mes camarades du malheur vivent dans la crainte de déroger à des règles qu'ils ne connaîtraient pas encore. La cantine, tu n'imagines même pas, on se croirait dans les tranchées. Bizarrement je veux tenir. J'ai de moins en moins peur. Il y a un grand parc et des arbres. Et puis il y a des filles, à l'autre bout des pelouses. Des filles de colonel et des filles de général qui sont en pensionnat comme nous, dans un grand bâtiment pas si loin que ça. Bien sûr pour les croiser sous les chênes il va falloir ruser, mais l'idée me plaît. Le règlement dit que si par hasard on en rencontre une, on a le droit de lui parler en restant à un mètre de distance réglementaire. Pas facile pour passer à l'acte, mais tu peux me faire confiance, j'ai un plan. Sur ce je t'embrasse sur les deux joues pour te témoigner mon amitié.

De Saint-Cyr, ce 18 septembre 19**

LETTRE 30
Camille à Stanislas
Casier nº 532

Merci pour les fleurs et les baisers sucrés. J'espère que tu as passé un bon week-end. Je suis désolée pour samedi soir, mais Tess était déprimée, alors j'ai dû la rejoindre en catastrophe. Non, ça n'est pas un mensonge, et même si ça l'était, je te rappelle que tu n'as aucun droit sur moi. Si je ne veux pas que nous nous promenions main dans la main dans l'enceinte de l'école, ça n'est pas vis-à-vis des élèves mais des professeurs. De toute façon, c'est un secret de polichinelle ; tu as tout fait pour contrecarrer mes ordres. C'est à prendre ou à laisser. Je vais au ciné-club jeudi soir. *M le Maudit*, ça te dit ?

Du cours de biologie, ce 21 septembre 19**

Lettre 31
Marie à Tess
tessbaby@hotmail.com
Objet : Classe terminale

Hello you ! Non, pas d'Amour en vue (tu me connais) mais je ne suis pas pressée. Pour ta prof d'anglais, pas de bol, je suis au moins contente d'avoir échappé à cela. Les cours pour moi ça va, je cartonne en français (déjà ça de gagné). Paris me manque, mais j'essaie de ne pas trop y penser. Embrasse Chloé et Daphnée pour moi.

De marie6@lycee-francais.ny.com,
ce 21 septembre 19**

Lettre 32
Stanislas à Camille
Casier n° 428

Camille, je veux bien tout. Je veux bien que l'on se cache pour s'embrasser. Je veux bien me taper des films allemands en noir et blanc sans que l'on soit assis à côté, juste pour admirer ton profil dans l'obscurité. Mais si tu t'envoles à la sortie sans même penser à me consacrer dix minutes de ton précieux temps, je ne marche pas. Tu m'interdis de t'appeler. Mais tu ne sais pas ce que c'est d'attendre des soirées entières une sonnerie. Tu dis que tu n'aimes pas le téléphone, alors j'ouvre et je referme mon casier trente fois par jour dans l'espoir d'y trouver un de tes petits billets. Rien. Et tu dis m'aimer ? Petite princesse capricieuse, j'ai bien peur que tes déclarations ne signifient absolument rien, pas même pour toi.

Du cours d'anglais, ce 25 septembre 19**

LETTRE 33
Camille à Stanislas
Casier n° 532

Des reproches, toujours des reproches. Je suis comme je suis et n'y puis rien changer. Stanislas, mon prince, ne sois pas fâché. La vie n'est pas sérieuse. La vie est un puits rose. Si tu voulais me retrouver au square pour notre rendez-vous des vendredis soir, je promets que je saurai me faire pardonner.

Du cours d'histoire, ce 25 septembre 19**

LETTRE 34
William à Julien
À Saint-Cyr

Tout va mal à la maison, mon père a appris la grande nouvelle, il menace de lancer la machine infernale de la pension alimentaire à notre gueule. Le bel amour qui n'a pas un sou s'en mêle, je les déteste, tous autant qu'ils sont. Je me suis plongé dans la lecture des *Rêveries du promeneur solitaire*, c'est complètement chiant, on dirait une thèse de botanique. Le journal de l'école va publier un de mes poèmes, celle à qui il est adressé ne le lira certainement pas, elle file le parfait amour avec Mèche-sur-l'œil. Au moins c'est officiel, il sourit comme un benêt, elle minaude, une vraie pub L'Oréal. L'adversité sans doute est un grand maître, mais il fait payer cher ses leçons, et souvent le profit qu'on en retire ne vaut pas le prix qu'elles ont coûté*. Qu'est-ce que tu fous là-bas ? Tu m'avais dit qu'il y en avait pour deux semaines, ton temps est écoulé, mon chou.

Est-ce qu'ils acceptent les visites dans ta prison ? Ça me dirait bien de venir voir ta nouvelle vie samedi après-midi. Bon, appelle-moi, en attendant je t'embrasse sur le front pour te témoigner ma camaraderie.

De Paris, ce 5 octobre 19**

LETTRE 35
Julien à Camille
À Paris

Pardonnez-moi, chère. J'avoue que le trophée valait son pesant de cacahouètes. Mais à Saint-Cyr le temps passe vite et paraît bien long. Je me suis emporté. Toutes mes confuses, parlons d'autre chose. Vous ne m'avez toujours pas trouvé de proie, aussi m'en suis-je autodésigné une. Blonde, fille de colonel. Non laissez-moi vous dire avant d'objecter. Tout d'abord elle est jolie, ensuite elle est à proximité et c'est une qua-

---

* *L'on remarquera que le jeune William, tout comme d'autres protagonistes de cette histoire, use de libertés avec ses lectures du moment et n'hésite pas à en citer certaines phrases ou autres répliques comme si elles étaient de lui.*

Note de l'Éditeur.

lité non négligeable dans ma situation – je suis encore privé de sortie ce week-end, une vague histoire de passage à gauche d'une statue, je vous raconterai. Pensionnaire comme moi, un parc sépare ses bâtiments des miens. Vous pensez bien qu'il est strictement interdit de l'approcher, ce qui ne donnera que plus de piment à notre histoire. Accordez-la-moi par pitié. Je ne connais pas encore son nom, mais je sais qu'elle est en classe de terminale. Je vous propose de venir samedi prochain voir par vous-même les obstacles qui l'éloignent de moi. Nous nous promènerons sous les chênes, vous verrez ma chambre et vous rencontrerez mes camarades cyrards. Dites oui, vos lettres et nos appels ne suffisent plus à combler le besoin que j'ai de vous voir, d'effleurer le tissu de vos vêtements, de sentir votre parfum. Adieu mon amie.

De Saint-Cyr, ce 7 octobre 19**

LETTRE 36
Camille à Marie
À New York

La vie suit son cours, il y a la Seine et il y a la Hudson River, tout cela n'a aucun sens. L'idée de t'écrire me plaît, même si ton image me hante. Chaque fois que j'arrive en classe, je te cherche pour m'asseoir à côté de toi. Le monde est peuplé d'imbéciles qui rigolent la bouche ouverte. Tout est toujours pareil, Tess m'ennuie, elle ne t'arrive pas à la cheville, les autres sont des greluches, pire, ricanantes. Heureusement, il me reste Esther avec ses grands yeux noirs de douceur et Alexandra avec ses cheveux blonds qui s'envolent lorsqu'elle part au combat. Elles, je les aime, mais elles ne sont pas toi. Séduire des garçons en boîte de nuit est sans importance, l'amour se fait attendre. Stanislas de Berg n'est pas aussi bête qu'on le croit. Il est délicat, fragile comme une anémone de mer, il est amoureux, le pauvre. Mon petit cœur de pierre s'exerce à le martyriser et à observer ses réactions. Il faudra bien finir par dépasser *Belle du Seigneur*, toutes ces histoires de perfection, d'être bien rasé pour plaire à l'être aimé, ne peuvent pas suffire. Les babouineries ça marche à tous les coups, bien sûr, mais c'est trop facile. Je ne peux pas croire que tout soit un jeu. Je doute que tu apprécierais ma perversité de tantôt, toi qui es si pure et qui n'as jamais enfoncé ta langue dans le gosier de ton voisin. Mais tu n'es pas là pour me dire ce qu'il faudrait faire face à ces yeux frits, quand ils ne se changent pas en larmoyante amertume. Je l'ai prévenu, je le préviens de tout, je lui dis « je t'aime et demain je te détesterai », il me demande « pourquoi demain ? », je lui réponds « pour la blague, pour le piment » et je le caresse et j'embrasse ses longs cils recourbés. Le lendemain, je suis extrême froidure. Lui, si heureux, ne comprend plus rien, il me demande « pourquoi, mon amour ? », je lui réponds qu'il devrait le savoir. Je n'annonce jamais rien au hasard. Je sais que tu ne me jugeras pas. J'imagine ton grand front penché pour me dire « Tu fais ce que tu veux, mon amie, moi je n'aurais pas agi ainsi, mais je ne suis pas toi ». Il faut bien se faire les griffes quand on n'a pas eu la chance de naître avec ta bonté.

Je t'aime, Marie, reviens-moi vite, si jamais tu reviens.

De Paris, ce 13 octobre 19**

LETTRE 37
William à Camille
Casier nº 428

C'était marrant de se croiser à Saint-Cyr samedi. Ils projettent *Gilda* au ciné-club ce soir. J'y vais avec Bruce. Tu viendras ?

Du cours de français, ce 15 octobre 19**

LETTRE 38
Camille à William
Casier nº 267

Ça n'était pas « marrant », William, c'était pathétique. J'ai déjà vu *Gilda*.

Du cours de mathématiques, ce 15 octobre 19**

LETTRE 39
Julien à Camille
À Paris

Marquise de mon cœur vous êtes belle lorsque vos yeux s'animent. Je ne vous aurais pas crue farouche pour autant. William est mon ami et ce depuis fort longtemps. Était-ce une raison pour lui arranger une entrevue à votre insu ? Peut-être pas, mais avouez que la surprise était bonne. Et il était aussi surpris que vous, sachez-le. Ce garçon de deux ans mon cadet est une âme pure, il n'a rien à voir avec nos lacloseries. Oui il m'avait parlé de votre ridicule avorton d'amour l'année passée. Je lui ai dit que nous étions devenus amis, il cherchait à « renouer » avec vous, j'ai pensé au moyen de lui faire plaisir. Saint-Cyr est un endroit neutre. Oh, votre figure ! Seriez-vous amoureuse ? Rien ne me ferait plus plaisir. Mais alors nous ne pourrions plus jouer. Je ne peux me résoudre à une pareille infortune. Vous êtes déjà lasse de notre Stanislas, passons à la vitesse supérieure, les chevaux de course et la grande route. Tout cela reste à votre entière discrétion. Adieu, ma très belle amie : sans rancune.

De Saint-Cyr, ce 15 octobre 19**

LETTRE 40
Marie à Bruce
À Paris

Merci pour la tour Eiffel. J'ai acheté cette carte (comme une bonne touriste) parce que je suis montée en haut de l'Empire State Building hier. Je rentre pour les vacances de Noël. J'espère qu'on aura l'occasion d'aller faire la fête avec Tess et toute la bande. Embrasse ta famille pour moi.

De New York, ce 18 octobre 19**

LETTRE 41
Nini à Camille
À Paris

Rose est ma nouvelle infirmière elle est bête et gentille elle vient toujours quand je l'appelle. C'est bien pour le téléphone ici mais on a pas le droit tous les jours. Ils ont supprimé ma sonnette parce qu'ils disent que je suis infernale et ding dring [illisible] je m'en fous. Je gueule je suis dépressive. Rose ne m'aime pas mais si je crie trop fort elle vient. Il n'y a même pas le câble ma voisine est très vieille elle ne peut pas parler. Je préfère les reportages sur les animaux mais [illisible] pas. Je t'aime.

De la clinique de M..., ce 22 octobre 19**

LETTRE 42
Maître Florian LeMerle à la mère de William
À Paris

Chère Madame,

J'interviens au soutien des intérêts de Monsieur Robert Forsworth, votre ex-époux, pour vous préciser qu'en application combinée des articles 276-4 et 279 du Code civil, mon client m'a donné toute latitude afin de saisir le juge aux affaires familiales, afin de cesser de vous verser la prestation compensatoire qui vous est due aux termes du jugement de divorce du 11 juin 19**.

En effet, vous n'êtes pas sans savoir qu'en raison de votre remariage, vous bénéficierez d'une hausse importante de vos ressources sans que, corrélativement, vos besoins ne soient atteints.

Une telle amélioration de votre situation patrimoniale ouvre donc droit, pour mon client, à l'exercice d'une action à fin de cessation de versement de la prestation compensatoire fixée par le jugement de divorce.

Je reste à votre disposition ou à celle de votre conseil habituel pour évoquer les aspects de cette procédure.

Je vous prie de me croire, Chère Madame, votre bien dévoué.

De Paris, ce 23 octobre 19**

Lettre 43
Camille à Julien
À Saint-Cyr

Savez-vous, Vicomte, que votre lettre est d'une insolence rare, et qu'il ne tiendrait qu'à moi de m'en fâcher ? Posons des bornes. Sachons où nous allons, William est votre ami dites-vous. Seriez-vous prêt à nous le sacrifier ? Ne parlons pas d'amour, le premier amoureux a perdu. Farouche ? La tête vous tourne. Si histoire avortée il y a eu, sachez que William n'est (plus) rien pour moi. Et puis, je ne suis pas encore tout à fait lasse de Mèche-sur-l'œil. Il m'émeut dans ses troubles. Je sais que vous pouvez décider de la fin de l'aventure, mais je vous prierais de me laisser en jouir quelque temps encore. Quant à votre fille de colonel, je vous l'accorde : le parc et le couvre-feu m'ont plu.

Votre uniforme aussi d'ailleurs. Quel dommage que cet après-midi d'enthousiasmes partagés se soit soldé par l'arrivée impromptue de votre lapin aux yeux bleus. J'attends vos excuses, Vicomte.

De Paris, ce 23 octobre 19**

LETTRE 44
William à Camille
Casier nº 428

Le Procès d'Orson Welles, tu l'as peut-être déjà vu aussi, mais si tu voulais bien m'y accompagner ce serait une bonne occasion de régler nos différends. Oui ? Non ?

Du cours de français, ce 29 octobre 19**

LETTRE 45
Camille à Stanislas
Casier nº 532

Je ne peux pas aller au ciné-club ce soir, mon prince. On se voit au square demain ?

Du cours de mathématiques, ce 29 octobre 19**

Lettre 46
Bruce à Marie
À New York

Notre-Dame de Paris, parce que les New-Yorkais manquent cruellement d'églises gothiques. C'est cool que tu viennes à Noël. Tess t'embrasse.

PS : Est-ce que tu aimes la poésie ?

De Paris, ce 1er novembre 19**

Lettre 47
Julien à William
À Paris

Retour en cours. Gloire à la religion catholique et aux vacances de la Toussaint. Camille croit en Dieu, le savais-tu ? Toi qui ne jures que par Nietzsche, ça risque d'être difficile. Ne t'en fais pas pour ton père et toutes ces histoires de grandes personnes. J'ai voulu t'en parler samedi soir, mais avec ta mère qui épiait la conversation, j'ai pensé que ça pouvait attendre. Dans deux ans tu seras à Oxford ou à Cambridge et tu voleras de tes propres ailes, en attendant laisse-les se démerder tous seuls je t'en prie. À croire que les parents ne font des enfants que dans le but de s'en servir comme otages un jour ou l'autre. C'est pareil chez moi, tu sais. Ils sont toujours ensemble, mais ils passent leur temps à s'engueuler et à me demander de prendre parti. Saint-Cyr m'aura au moins permis d'échapper à ça, même si Dionysos et tes poèmes d'amour sont loin.

Émilie donc, puisque c'est son nom, je l'ai appris aujourd'hui. Elle a sa chambre au deuxième étage – ce qui n'est pas un problème parce que j'ai repéré une gouttière et qu'aucune ne m'a jamais résisté. Il suffit juste d'attendre le couvre-feu, de sortir de ma prison sans alerter personne, de traverser le parc en silence, de grimper à la gouttière du majestueux bâtiment, de frapper à une fenêtre du second étage, qu'une jeune fille m'ouvre sans hurler, que je trouve la chambre de ma bien-aimée, que je me pointe, qu'elle soit contente de me voir, que je lui fasse la grande cérémonie de l'Amour, qu'elle soit séduite, qu'elle se laisse un temps soit peu aller et puis que je refasse tout le chemin en sens inverse sans me faire choper par mon état-major. Un jeu d'enfant. Je compte sur ton amitié compatissante. Je t'embrasse mon Chou. Porte-toi bien.

Ah ! J'en oubliais presque le dicton du jour : « Le chemin le plus facile est toujours miné. »

De Saint-Cyr, ce 2 novembre 19**

Lettre 48
Marie à Camille
À Paris

Ta lettre m'a fait tant de plaisir et tant de peine que je ne sais pas trop quoi te répondre. Moi aussi, moi aussi tout pareil que toi (voilà). Au quotidien les heures défilent, mais c'est terrible de croiser une vieille folle avec un chapeau à plumes sans recevoir un de tes petits sourires en coin pour dire « moi aussi je l'ai vue, la classe internationale ». À quoi ça sert que la fille qui monte au tableau ait son string qui dépasse du jean si je ne rencontre pas ton regard éhonté ? Notre complicité nous a toujours épargné l'usage de la parole. Un froncement de tes sourcils, une moue suffisait à savoir que nous pensions exactement la même chose. Maintenant si je veux partager une anecdote je dois me lancer dans des grandes explications. Ça me décourage d'avance. « Si Camille était là ! » voilà ce que je me dis à longueur de temps. Au fond c'est comme si je n'avais rien vu moi-même, tout s'annule, tout devient inutile.

Les cours se passent bien, je dois répondre en trois parties à « Dans quels domaines est-il légitime de prendre la nature comme modèle ? » avant demain matin. J'avais toutes les vacances pour le faire (mais tu me connais, j'attends toujours la dernière minute). J'aurais bien aimé partager cette nuit blanche de café et de cigarettes avec toi mon amie. Tu te souviens de nos versions latines improbables jusqu'à quatre heures du matin ? Tu te souviens, bien sûr, tu as une mémoire d'éléphant. J'y vais, souhaite bon courage à ta Marie.

De New York, ce 9 novembre 19**

LETTRE 49
Camille à Stanislas
Casier n° 532

C'est beaucoup déjà de dire Je t'Aime. Parfois se tenir par le petit doigt suffit. Si tu boudes à la moindre contrariété, tu deviendras vite ennuyeux et c'est impardonnable. Fais très attention, Stanislas, je suis facilement lassée.

Du cours d'allemand, ce 10 novembre 19**

LETTRE 50
Camille à William
Casier n° 267

J'espère que tes vacances se sont bien passées. Voudrais-tu venir voir (si) *La vie est belle* ?

Du cours de mathématiques, ce 12 novembre 19**

LETTRE 51
Stanislas à Camille
Casier n° 428

Dire Je t'Aime n'est pas une chose facile quand on n'a jamais eu l'occasion de s'y exercer auparavant, à l'Amour s'entend. J'ai été très amoureux, une fois. J'avais six ans, je ne lui ai jamais adressé la parole. Aujourd'hui, je suis avec toi, et je me demande si nous nous sommes jamais parlé. J'ai voulu te séduire, j'ai voulu t'embrasser, tu as répondu à mes baisers, j'étais le plus heureux des hommes. Tu m'as fait comprendre que je ne devais pas l'être. Et tu nous as perdus dans cette contradiction. Un jour oui, l'autre non. Tu parles de « piment », de « légèreté », tu parles avec les mains, tu fais des grands gestes, tu danses pour moi, tu te maquilles, tu te blottis dans mes bras et tu t'envoles. Tu me mens. Tu souris parce que je suis trop sérieux. Tu as raison, je suis sérieusement épris. William est beau, tu tords tes lèvres pour lui aussi. Je t'ai vue glisser un mot dans son casier. Je ne t'espionne pas, je me rends à l'évidence. Fais très attention, Camille, c'est lui ou c'est moi.

Du cours d'anglais, ce 12 novembre 19**

Lettre 52
Camille à Marie
À New York

Mon cœur s'emballe. Stanislas ? À la poubelle. J'ai retrouvé William. Tellement de choses à te dire que je ne sais pas par où commencer. *Le Procès* d'Orson Welles, très bon film, je te le conseille. Reprenons du début. Le samedi d'avant les vacances, je suis allée rendre visite à Julien, à Saint-Cyr. Nous sommes devenus assez proches, rien qui touche à l'amour pourtant, je te jure. C'est un garçon immodéré, il déborde, il me fait beaucoup rire... Bref, tout se passait bien quand soudain, éclairs de tonnerres, William en personne a débarqué. Un coup monté de Julien, alors que je ne lui en avais jamais parlé, tu penses bien ! Soi-disant que William voulait « renouer ». Oh, j'ai fait la furieuse, cinq minutes réglementaires de la politesse des couleuvres pour lever le camp, et un battement de cils anodin pour « nouer », malgré les apparences, autant qu'il se pouvait. Retour à l'école, je reçois un mot du lapin aux yeux bleus pour aller main dans la main au ciné-club. Comme par hasard, il s'est souvenu que j'aimais les vieux films. Je l'ai envoyé bouler en espérant qu'il revienne à la charge, ce qu'il a fait la semaine suivante, en ravalant-sa-salive-bien-fait et en réitérant son invitation. Un petit mot pour me débarrasser de mon importun d'amoureux qui voulait y aller aussi, et nous voilà dans l'obscurité. Vingt fois je me suis demandé pourquoi il m'obsédait à ce point. L'orgueil très certainement. Qu'il m'ait préféré cette cruche d'Anastasia m'est resté en travers de la gorge. Mais il n'y a pas que ça, il est vraiment différent des autres, il écrit des poèmes, il est coiffé comme un clown et il rit comme un petit enfant. Depuis ce soir-là donc, il a retrouvé mon numéro de téléphone et a su en faire bon usage. Nous ne parlons jamais de Stanislas, ce dernier en revanche se méfie comme une belette et fait le jaloux. Je nie en bloc et je cherche le meilleur moyen de le laisser tomber sans lui casser une jambe. Et puis tant que William ne se sera pas déclaré, je préfère être mal accompagnée que seule. Ah mon amie, j'aimerais tant que tu sois là pour me dire et pour te dire. Tout ce que tu m'as écrit dans ta lettre est vrai, tu es la seule avec qui je puisse vraiment tout partager.

Demain je dîne avec Esther chez Alexandra. Je te raconterai. Je voudrais te serrer dans mes bras. Noël est encore loin. J'ai hâte.

De Paris, ce 14 novembre 19**

LETTRE 53
Jointe à la LETTRE 51
Camille à Julien
À Saint-Cyr

C'est toujours un bonheur d'entendre votre voix au milieu de la nuit. Voici donc le trophée que vous m'avez demandé, jugez de la menace finale et dites-moi ce que vous voulez que je réponde. Quant à William, nos affaires vont bon train. Saviez-vous qu'il écrit des poèmes ? Qu'il soit entendu que je ne romprai avec Mèche-sur-l'œil qu'une fois que votre ami sera prêt à tomber dans nos filets. Je ne suis pas faite pour le célibat. Vous non plus d'ailleurs. Où en sommes-nous avec la jolie Émilie ? Avez-vous réussi à la grimper, cette gouttière ? Vous auriez moins de mal avec moi, j'habite au rez-de-chaussée. Les fenêtres de ma chambre donnent sur la rue, au printemps les cerisiers qui la bordent sont en fleur et c'est assez joli. Je dors sous une immense moustiquaire blanche toute l'année ; parce que lorsque je cesse d'être votre Marquise, j'aime à croire que je suis une princesse. Je mets d'ailleurs un point d'honneur à ce que mes amants potentiels me nomment ainsi. Le reste de la pièce est envahi par les livres. Aucun homme n'est jamais entré dans ma chambre, peut-être serez-vous le premier ? Mes paupières chancellent, et je m'en vais me donner au sommeil. Adieu, mon ami.

De Paris, ce 14 novembre 19**

Lettre 54
Marie à Tess
tessbaby@hotmail.com
Objet : Ne t'inquiète donc pas comme ça

Hello you ! Rien de nouveau sous la pluie, toujours les profs, toujours les cours, toujours les élèves. J'ai hâte de revoir la tour Eiffel.

Pour Bruce ne t'inquiète pas, je sais que c'est ton petit frère et crois-moi je n'ai jamais eu l'intention de sortir avec lui. Je ne sais pas plus que toi ce qui lui prend de m'envoyer ces cartes postales, c'est peut-être une forme de blague, d'humour décalé (who knows ?). Dans ton dernier mail* tu avais l'air complètement déprimée. Si ça peut te rassurer moi aussi. Mais toi au moins tu as Daphnée et Chloé pour te remonter le moral. Bref, j'espère que tu vas bien (mieux, if possible). Quant à Camille, ce n'est pas pour la défendre, mais elle est toujours très « occupée », c'est sa raison d'être. La cloche sonne. Je m'en retourne à mes cahiers. Kiss Kiss

De marie6@lycee-francais.ny.com,
ce 17 novembre 19**

---

* *Pour ne pas abuser de la patience du Lecteur, beaucoup de Lettres de cette Correspondance emailique quasi journalière ont été supprimées ; on ne donne ici que celles qui ont paru nécessaires à l'intelligence des événements de cette société.*

Note de l'Éditeur.

Lettre 55
Camille à Nini
À la clinique de M...

Ninotchka, je suis désolée de savoir que tu es retournée en clinique. Je comprends que tu aimes que l'on s'occupe de toi, mais tu exagères. Chaque fois que j'appelle, on me dit que tu dors, alors j'imagine qu'ils t'ont filé des doses de cheval. As-tu vraiment besoin de tout ce cirque ? Je sais que c'est dur, mais il faut que tu te reprennes. Tout ingrate que je suis, je pense à toi tous les jours. Hier, j'ai visité la Sainte-Chapelle, rien n'égalera jamais le gothique flamboyant. Grâce à toi, je me sens comme chez moi au Palais de Justice. Je te revois dans ta salle d'audience et je me dis que ta place n'est pas avec les fous. Ma Nini, fais-moi plaisir, arrête de soûler les infirmières et retourne chez toi. Libre. Je t'aime.

De Paris, ce 18 novembre 19**

Lettre 56
Julien à Camille
À Paris

À merveille, Marquise, et pour le coup je vous aime à la fureur ! Niez, niez tout en bloc, dites-lui que vous n'aimez que lui et faites de même avec l'autre. Caressez-le autant qu'il se puisse, devenez sérieuse, promettez-lui le mariage, parlez des prénoms de vos enfants futurs, que ses doutes s'apaisent, la rupture n'en sera que plus éclatante. Quant à William il sera bientôt prêt. Je m'en charge. Dans l'attente délicieuse de vous voir samedi prochain, je vous imagine dans votre grand lit blanc et je m'en vais dormir paisiblement.

De Saint-Cyr, ce 19 novembre 19**

LETTRE 57
Marie à Bruce
À Paris

Le pont de Brooklyn est un grand et beau pont. Il faut y aller au lever du soleil. Il y a toujours des touristes qui sont campés là pour immortaliser ce petit moment de grâce. Je n'aime pas les photos. Elles sont une forme de paresse. On croit qu'elles nous empêchent d'oublier. Sur le coup on se dit « C'est dans la boîte », alors on n'essaie même pas de se souvenir. Le problème c'est qu'on ne les (re)regarde jamais, et tout disparaît pour de bon. Embrasse toute ta famille pour moi.

PS : J'aime beaucoup *Les Fleurs du mal*. Rien de très original.

De New York, ce 22 novembre 19**

LETTRE 58
Mlle Rose, surveillante du service de géronto-psychiatrie à la clinique de M..., à Camille
À Paris

Chère Mademoiselle,

Nous avons bien reçu votre lettre datée du 18 novembre.

Mme L... est actuellement dans l'incapacité de vous répondre. Elle est dans une phase très dépressive et, afin qu'elle puisse passer ce cap difficile, nous lui administrons des perfusions médicamenteuses qui la tiennent dans un état de sommeil artificiel. Sachez qu'elle est à nouveau très calme et que nous prenons grand soin d'elle. Soyez assurée qu'elle vous lira et vous répondra dès son réveil.

Bien cordialement,

De la clinique de M..., ce 23 novembre 19**

LETTRE 59
William à Camille
Casier n° 428

I love the future and you with it. I am unable to add much more, but I scream things are, not what they seem. Banal a saying with a vivid meaning. I love you, after my definitive change of heart : into oblivion fell the past. If you may, tell me you love me too.

Du bac blanc de français, ce 28 novembre 19**

LETTRE 60
Carte postale du jardin du Luxembourg
Bruce à Marie
À New York

Draped in feathers and other marvels
Of a dry world, singing the themes

Of thin Clouds, gliding towards the shells
Which she sees, enters the longing seas.
Coat of superiority never askew nor moist
Until the wholesome chirp, one day
Until, timely breeze plucked to hoist
Amidst the crests, frozen, but a ray,
Like a man turning new and resonant turf
Cracked the bars which immune still sky
From clouds twirling like river surf
From the source of smiles to admiring glittering eye
Immersed in the blue wrapping the stars ;
Wild glances touch heart away from tenor sounds.

De Paris, ce 2 décembre 19**

LETTRE 61
Julien à Camille
À Paris

Je vous souhaite un joyeux anniversaire Marquise de mon cœur. Que cette année voie notre amitié grandir et s'étendre, et vos amours se parer de toutes les couleurs de la perfidie.

Quant aux miennes, elles stagnent. « Si votre attaque se déroule vraiment bien, c'est une embuscade », m'a-t-on appris dernièrement. Il est vrai que nous sommes passés très près du scandale. Ma première visite était pourtant pleine de promesses. Ma bravoure avait amusé toutes les pucelles de l'étage et elles avaient juré en chœur de garder le secret. Mais comme ma Belle n'avait fait qu'écouter mes déclarations, il fallait bien revenir – histoire de passer de la théorie à la pratique. Le lendemain donc, je retourne à la charge dans l'espoir d'un baiser. Rien, la farouche n'a parlé que de gouttières, de côtes cassées et de règlement intérieur. Elle craignait – et à juste titre comme vous l'allez voir par la suite – qu'une de ses petites camarades ne nous ait dénoncés et que la surveillante intensifie ses rondes de nuit. J'ai tout de même réussi à obtenir la permission de revenir. Admirez ma persévérance. Me revoilà donc à courir grands risques et périls pour cette prude. Arrivé dans sa chambre, je la trouve plus jolie que d'habitude, plus avenante. Songez au charme d'une pensionnaire en chemise de nuit – et ne riez pas, je vous en prie. Nous nous asseyons sur son lit, je tente en vain de lui prendre la main, elle se lance avec toute la passion nécessaire à cacher sa gêne dans la description du programme de terminale, je la regarde en souriant. Vous devinez la suite, un bruit de pas dans le couloir, ses yeux horrifiés, moi qui décide de sauter par la fenêtre, elle qui me supplie de ne pas mourir, moi qui en profite pour lui voler un baiser, « Mourir ! mais mourir heureux ! ». Finalement, je me suis caché en équilibre sur le rebord de la fenêtre le temps du passage du cerbère et je suis reparti comme de coutume, avec interdiction formelle cette fois de réitérer mes folies. Ce que je m'empresserai de faire aujourd'hui même à la nuit tombée. Je suis sûr que vous approuverez. Que ces enfantillages ne vous fassent pourtant pas oublier que vous êtes, très belle Marquise, que vous serez toujours, l'objet le plus cher à mon cœur.

De Saint-Cyr, ce 4 décembre 19**

LETTRE 62
Stanislas à Camille
Casier n° 428

Joyeux anniversaire, Princesse. Je t'aime chaque jour un peu plus. Tu es si belle aujourd'hui. Tu es ma fée, ma magicienne. Quelle joie d'être ton seul, ton unique Prince charmant.

Du cours d'anglais, ce 4 décembre 19**

LETTRE 63
William à Julien
À Saint-Cyr

Pour une fois que tu me donnes des conseils, je crois que tu aurais mieux fait de t'abstenir. Camille n'a pas daigné répondre à la petite lettre que nous avons concoctée avec tant de peine l'autre soir au téléphone, quant au poème pour son anniversaire elle y a jeté un œil et elle l'a foutu dans sa poche comme si c'était un papier administratif sans importance. Depuis, pas un sourire, pas un bonjour, quand nous nous croisons dans les couloirs, j'ai l'impression d'être transparent. Mon chou, si tu ne me tires pas de là, je crois bien que je t'en voudrai toute ma vie. Appelle-moi dès qu'ils t'auront rendu ton téléphone.

De Paris, ce 8 décembre 19**

LETTRE 64
Julien à Camille
À Paris

Je pense que notre aventure avec Mèche-sur-l'œil a assez duré. Je vous ordonne de rompre, divine Marquise. Vous avez jusqu'à dimanche.

PS : Je compte sur vous pour que le trophée soit à la hauteur de l'ennui dans lequel cet importun nous a trop de fois plongés.

De Saint-Cyr, ce 10 décembre 19**

LETTRE 65
Jointe à la LETTRE 60
Marie à Camille
À Paris

Joyeux anniversaire mon amie, un peu en retard mais j'ai eu du mal à te trouver un cadeau (j'espère que ça te plaira, orange ça change). Je te souhaite tout le bonheur du monde, de la littérature, de la poésie (je t'envoie le poème que Bruce m'a écrit, je le trouve surprenant, dis-moi ce que tu en penses), du champagne avec des bulles, de l'amour à gogo (ta lettre m'a bien fait poiler ! partout où le bon Dieu ferme une porte, ailleurs il ouvre une fenêtre, tout de même je me demande si Bruce ne serait pas un peu amoureux de moi, tu crois que Tess prendrait ça comment ?), des bonnes notes, accessoirement le bac, et des retrouvailles de joie avec ton amie qui arrivera le 20 au matin (et ça c'est une bonne nouvelle). Tu ne peux pas savoir comme je suis impatiente de te serrer dans mes bras.

De New York, ce 10 décembre 19**

LETTRE 66
Camille à Stanislas
Casier n° 532

Ton temps, cher crapaud, est écoulé. Soyons sérieux, on ne rencontre pas l'amour de sa vie à dix-sept ans. Je t'aime pourtant toujours bien. Mettons un terme à ces baisers mouillés sur les bancs des squares. La vie continue. À Dieu.

De Paris, ce 11 décembre 19**

LETTRE 67
Nini à Camille
À Paris

Je suis sortie de l'hôpital. Rose a dit qu'elle viendrait me voir. Ta mère a proposé que je vienne à Paris pour Noël mais je préfère rester avec les vieux. C'était nul l'hôpital. Ma mère est morte chez elle mon père aussi mais il était grabataire alors c'était dur pour maman. Je m'ennuie. Envoie-moi une photo de toi et garde bien les timbres sur tes lettres pour ma collection. Ici ils ne vendent pas de timbres. Je m'ennuie de toi. Je préférais l'hôpital il y avait une sonnette. Je t'embrasse.

De Cannes, ce 12 décembre 19**

Lettre 68
Stanislas à Camille
Casier n° 428

Si tu m'aimes « encore bien », si tu m'as jamais aimé, tu me dois des explications. J'ai tourné en rond tout le week-end, je ne comprends pas, je n'y crois pas, je me dis que c'est encore un de tes piments, pourquoi Camille, pour quoi ? Je te connais mieux que tu ne voudrais l'accepter, je te connais, petite peste, tu n'as pas le droit de me faire ça. Réponds au moins à ce mot si tu refuses de décrocher ton téléphone. Il n'y a aucune raison à cette disgrâce. Si j'ai fauté, sois honnête. Panse mon amertume, ton silence est insupportable, dis-moi pourquoi ?

Du cours de philosophie, ce 14 décembre 19**

Lettre 69
Jointe aux Lettres 59, 62, 66, 68
et au poème de William
Camille à Julien
À Saint-Cyr

Un petit paquet, Vicomte, un petit bouquet de trophées que je dépose à vos pieds pour que vous constatiez mon obéissance et les raisons de ma colère. Passons sur cette délicieuse rupture que vous avez ordonnée, c'est de William qu'il s'agit. Car votre ami a choisi un livre bien différent du nôtre. La littérature est certes source d'inspiration, mais je n'adhère pas aux façons de Monsieur Rostand. Lisez et jugez par vous-même, votre ami se prend pour Cyrano de Bergerac, et il radine qui plus est. Non content de m'écrire un poème pour mon anniversaire, il le recycle et permet à son grand ami Bruce de l'envoyer à ma Marie. Que Bruce soit un adolescent incapable de séduire une jeune fille par ses propres moyens passe, mais que ce soit le même poème qui serve à nous séduire elle et moi, c'est un peu fort. Si William attache si peu de crédit à ce qu'il m'écrit, je serai redoutable, je vous en avertis. Quant à sa pseudo-déclaration, j'attendais vos ordres, mais je ne regrette pas aujourd'hui de l'avoir ignorée. Me voilà donc célibataire, ce que j'abhorre le plus au monde, et c'est votre faute, trouvez-moi une autre proie. Adieu, Vicomte.

De Paris, ce 14 décembre 19**

LETTRE 70
Julien à Camille
À Paris

Calmez-vous Marquise, de grâce ! William vous aime et ce depuis fort longtemps, il a écrit ce poème pour vous seule. S'il l'a montré à Bruce, ce dernier s'en est emparé sans son consentement pour l'envoyer à votre amie et faire son petit malin. Voilà le fin mot de l'histoire, il n'y a là ni jeu littéraire ni perfidie. Cela nous est réservé. William est tombé des nues lorsque je lui ai annoncé la nouvelle. Aussi ne vous trouverais-je pas de nouvelle proie que vous n'ayez usé et abusé de celle-ci. Il vous tend les bras, tendez-lui les lèvres et tout ira pour le mieux. Adieu ma belle amie et encore bravo pour le martyre de Mèche-sur-l'œil.

De Saint-Cyr, ce 16 décembre 19**

Lettre 71
Julien à William
À Paris

Il est tard mon cher William et je suis épuisé. Les journées sont sopo et les nuits insipides. Pense à la chance que tu as de pouvoir sortir avec une jeune fille sans avoir tes supérieurs sur le dos. Tu étais tellement bouleversé au téléphone tout à l'heure que tu as oublié de me demander de mes nouvelles. Tu es mon ami, je te pardonne et je m'en vais répondre à la question que tu ne m'as pas posée. Oui ça va, merci. Non ma déesse de fille de colonel n'a pas encore cédé à mes ardeurs. C'est long et ça demande beaucoup d'efforts pour une toute petite discussion sur le bord de son lit. Je ne perds pas espoir, mais parfois la patience me fait défaut. Émilie retourne dans sa famille pour les vacances de Noël, j'ai obtenu la permission de l'accompagner jusqu'à la gare. Loin du pensionnat tout devient possible. On m'a dit aujourd'hui que « on ne peut pas connaître la profondeur d'une flaque d'eau tant qu'on n'a pas marché dedans ». Si cela s'applique aussi à l'amour, alors encore deux jours d'attente et nous serons fixés.

Tu crois que nous aurons le temps de nous croiser avant ton départ pour Londres ? Tu me raconteras ton premier baiser avec Camille. Maintenant que j'ai réparé les bêtises de ton ami, tu me dois bien ça. À l'attaque mon Chou, moi je vais me coucher.

De Saint-Cyr, ce 16 décembre 19**

LETTRE 72
William à Camille
Casier n° 428

Mes cours se terminent à 18 heures. Veux-tu boire un chocolat avec moi ?

Du cours d'anglais, ce 18 décembre 19**

LETTRE 73
Camille à William
Casier n° 267

Au café à l'angle de la rue du T... et de l'avenue M... À tout à l'heure.

Du cours d'art plastique, ce 18 décembre 19**

LETTRE 74
William à Bruce
À Paris

Je t'écris de l'Eurostar pour te dire de ne pas t'inquiéter. Cette histoire de poème est ridicule, je n'aurais pas dû me mettre en colère comme ça. C'est Camille qui a plaidé pour ta cause, maintenant que nous sommes définitivement réconciliés... At last man, je croyais que tout était foutu et elle s'est jetée sur moi ! Je te demande pardon ; en plus venant de celui qui qualifie mes poèmes de « absolute bullshit », je devrais être flatté. Je vais à Londres à reculons, Noël risque d'être glauquissime. Amuse-toi bien de ton côté, Camille m'a promis qu'elle ne dirait rien à Marie, à condition que tu ne recommences pas : j'ai dit qu'il n'y avait aucun risque. Je te souhaite d'être aussi heureux que je le suis en ce moment. Love, love, love. Passe de bonnes fêtes my friend et appelle-moi si tu as le temps.

De Londres, ce 19 décembre 19**

Lettre 75
William à Julien
À Sartène

Enfin ! Et depuis ce matin je n'arrête pas de sourire. Malgré mon père qui viendra me chercher à la gare tout à l'heure, malgré des fêtes de fin d'année en compagnie de ses gros amis les millionnaires et de leurs poules respectives, j'ai les zygomatiques en ébullition. Je crois que je les embrasserais tous si je pouvais. Mon cœur déborde mon ami. Hier soir, j'ai retrouvé Camille à la sortie des cours et c'était comme dans un rêve, nous sommes restés sous la pluie, sous les arbres, sous la lumière orange des lampadaires et je lui ai tout bien expliqué pour le poème et elle a caressé ma joue et elle a souri et je l'ai prise dans mes bras et je l'ai embrassée et je me suis senti si heureux, si calme soudain. Je l'ai raccompagnée en métro jusqu'à chez elle, c'était bien après toute cette pluie, j'aurais voulu lui faire l'amour devant tout le wagon. Deux semaines séparé d'elle. Mais nous avons attendu si longtemps – c'est elle qui a dit ça – que les vacances passeront comme une lettre à la poste. Elle m'a demandé de lui écrire, la poésie du bonheur est souvent de très mauvaise qualité, but I'll try my best.

Bref, tout ça c'est grâce à toi, mon chou, alors je t'embrasse sur les deux joues pour te témoigner ma gratitude.

Merry Christmas, Happy New Year and all the rest.

PS : Je rentre le 1er au matin, comme on n'a pas pu se voir, ce serait bien qu'on se fasse un truc à ce moment-là.

De Londres, ce 20 décembre 19**

LETTRE 76
William à Camille
À Paris

My love, there is witchcraft in your kisses. Londres sera très certainement pluvieuse, mais depuis hier soir, la pluie t'est synonyme et j'exulte à l'idée qu'elle me noie. My love I miss you already, yesterday was like a dream. I love, I love, I love you and will forever and a day. Aucun mot ne peut décrire ce tourbillon de sang qui s'agite et se déverse dans le creux de mes reins pour repartir aussitôt inonder mon thorax et me battre dans la gorge. Je déteste l'Eurostar, je déteste les trains et les avions, je déteste partir et déménager, je déteste les valises. Comme tu sais, ma situation familiale est assez tendue, Noël risque d'être tristesse et énervements. Écris-moi, princesse, pour me raconter ton sapin et ses guirlandes, écris-moi pour me dire that you feel the same.

De Londres, ce 20 décembre 19**

LETTRE 77
Camille à William
À Londres

I do.

De Paris, ce 24 décembre 19**

LETTRE 78
Jointe aux LETTRES 76 et 77
Camille à Julien
À Sartène

Joyeux Noël, Vicomte. Comment se porte votre île ? Bonne année, mon ami. Quelles sont vos résolutions ? Pour moi ce sera de ne pas en prendre. De manière générale, choisir la désinvolture comme principe de vie. Si vous l'adoptez aussi, nous rirons bien. Je joins à ma carte de vœux un trophée avec le brouillon de ma réponse. J'espère que vous apprécierez la concision de cette dernière. Je vous aime chaque jour davantage, sachez-le. Mèche-sur-l'œil pollue mes vacances de coups de fil insultants au domicile familial. Il m'appelle perfide, et ce mot de perfide m'a toujours fait plaisir ; c'est, après celui de cruelle, le plus doux à l'oreille d'une femme, et il est moins pénible à mériter. Il me nomme peste aussi, c'est moins laclosien, mais passons. L'autre jour, il a tenté une réconciliation manu militari en se postant sous ma fenêtre – comme quoi, les rez-de-chaussée n'ont pas toujours que du bon – et il s'est fait éconduire par ma mère qui l'a beaucoup plaint. S'en est suivie une grande leçon de psychologie de supermarché, où maman chérie m'a traitée de « séductrice pathologique ». Si elle savait.

J'attends avec impatience des nouvelles de votre Prude, à moins que vous n'ayez quelque rocambolesque histoire de jeune fille corse arrachée à ses frères... Il est l'heure pour moi d'aller décorer ce maudit sapin. Adieu, mon ami, vos sourires me manquent.

De Paris, ce 24 décembre 19**

Lettre 79
Stanislas à Camille
À Paris

L'autre soir au téléphone tu m'as dit : « Tais-toi, je veux garder un bon souvenir de toi. » Alors je t'ai rappelée, pour salir mon souvenir. Je n'ai pas été, je suis. Encore. Toutes les nuits je rêve que je me venge de tes affronts. Une chose me hante, pourquoi n'as-tu jamais voulu me revoir ? Ce soir je veux souffrir mon amour, ce soir c'est Noël et je veux mourir, mais ton absence tue ces dernières volontés. Je suis le coyote qui vient d'arriver au bord de la falaise, je me précipite dans le vide, je profite d'un temps de latence, je regarde en direction des spectateurs et je sors ma pancarte « HELP », dans dix secondes je m'écraserai comme une crêpe.

De Paris, ce 24 décembre 19**

LETTRE 80
Émilie à Julien
À Sartène

Je ne suis pas très bonne pour écrire des lettres. Mais je veux te faire plaisir. J'étais contente que tu m'accompagnes à la gare et que tu me dises que tu m'aimais, parce que moi aussi. Je sais que c'est difficile à l'internat et qu'il faudrait trouver un système pour se voir les week-ends. Mais c'est compliqué parce que même si je demande à Papa de me donner un droit de sortie il faudra que je lui mente et je déteste le mensonge. Si c'est la seule solution je vais le faire. Et je sais que ça te ferait trop de peine qu'on ne puisse pas se voir. Maintenant que nous sortons ensemble. S'il te plaît ne le dis pas à tes amis, ce sera notre secret. Je te souhaite de joyeuses fêtes avec toute ta famille. J'espère que tu t'amuses bien et que tu penses à moi. Tu me manques déjà. Je t'aime.

PS : Ne m'écris pas ici, mes parents ouvrent mon courrier.

De Chauvigny, ce 28 décembre 19**

LETTRE 81
Camille à Nini
À Cannes

Tu nous as vraiment manqué à Noël, Ninotchka. J'espère que les vieux de Cannes et les gambas de Gérard valaient le coup. Peut-être que tu devrais penser à te remarier. Quant aux festivités parisiennes, nihil novi sub sole. T'ai-je dit que je m'étais lancée dans la lecture de la Bible ? Il faudrait songer à devenir sage, même si tout à l'heure je vais vider dix litres de lait dans mon bain, comme Cléopâtre, histoire de me plaire le soir de la Saint-Sylvestre. On est la princesse qu'on peut. J'espère que tu vas bien. Embrasse les crustacés de la Riviera pour moi. Bonne année, ma Nini.

De Paris, ce 31 décembre 19**

LETTRE 82
Jointe à la LETTRE 80
Julien à Camille
À Paris

Bonne année, divine Marquise, j'ai honte de ce premier trophée, mais il me faut bien vous l'envoyer. Si vous jugez son style primaire, accordez-moi le mot de « candide », ce sera toujours ça de gagné. Émilie s'est rendue – au sens de « elle m'a roulé une pelle » – et je pense ne pas me vanter en ajoutant que ce fut une première pour elle. L'âge n'a rien à voir avec l'innocence. Cette jeune fille est une perle, ne vous en déplaise. Me voilà donc ravi de toutes mes persévérances. Si vous m'aviez vu, galant, porter sa valise de trois tonnes et si vous aviez entendu toutes les banalités que j'ai dû débiter pour la mettre en confiance, vous auriez été fière de moi. Je vous passe les treize stations de RER et les cinq stations de métro jusqu'à Montparnasse. Arrivé à la gare, je commençais à désespérer et surtout à manquer de sujets de conversation inoffensifs, d'autant plus que ma Belle n'était pas très bavarde. C'était sans compter sur l'effet « départ-séparation-quaideladernièrechance ». Une fois sa cantine installée – et elle toujours aussi douce et distante – je me suis dit qu'il fallait passer aux aveux. Les siens s'entend, puisque je m'étais déclaré avec toute la fougue nécessaire depuis belle lurette. « M'aimez-vous ? » lui demandai-je. Le vouvoiement a toujours un petit effet d'intimidation des plus plaisants, ce n'est pas à vous que j'apprendrai cela. La voilà rouge comme une rose rouge à balbutier des cils. « Si tu m'aimes, il faut me le dire, jeune fille, et me donner un baiser d'amour que j'attends depuis trop longtemps. » Elle a fait oui de la tête, je n'ai pas bougé d'un poil, elle a approché sa bouche titubante et enfin j'ai pu sentir sa langue contre mes dents. Inutile de vous raconter les serments qui s'ensuivirent et les baisers larmoyants de derrière la vitre de l'immonde TGV.

Me voilà donc à Sartène, plus célibataire que jamais. Je me venge sur toutes les sœurs disponibles ou non de l'île dans l'espoir de pouvoir me battre avec leur fratrie. Dans votre première lettre vous me disiez que j'étais bagarreur et vous ne vous étiez pas trompée. Malgré mes efforts, personne ne m'a encore provoqué en duel.

Je suis malheureux. Je pense à votre nouveau bonheur avec William – car je sais que vous êtes heureuse même si vous me donnez des preuves de votre désinvolture. Promettez-moi de ne pas vous donner à lui, pas tout de suite, je ne le supporterais pas.

De Sartène, ce 31 décembre 19**

Lettre 83
William à Camille
À Paris

Who are you to think that you can play with me ? You DO ? You DO feel the same ? Ahh... DO you ? ! Love is not as simple Sweet Heart. Une lettre écrite dans l'euphorie peut paraître simplette et ta réponse un peu trop facile à mon goût, Princess Dear. Je ne suis pas un Stanislas. I DO think que tu te fous de ma gueule. Well, too BAD.

De Londres, ce 31 décembre 19**

Lettre 84
Camille à Stanislas
Casier n° 532

Je n'ai pas à subir les engueulades d'une mère dépressive chaque fois que tu décides de te lancer dans une campagne de harcèlement téléphonique. Lorsque tu appelles chez moi, très cher, tu déranges toute ma famille. Un peu de retenue par pitié, il y a des gens qui souffrent bien plus que toi au Bangladesh.

Du cours de mathématiques, ce 4 janvier 19**

LETTRE 85
Camille à William
Casier n° 267

Oh, mon amour, je t'en supplie, reviens-moi. Je sais que tu m'aimes, tu me l'as dit. Je tomberai à tes genoux s'il le faut. Si j'ai écrit « I do », it was only because I really did. Je ne suis pas douée pour les lettres d'amour, la tienne m'a procuré tant de plaisir, je ne savais pas quoi répondre, crois-moi, je t'en prie. Je ne supporte pas ton silence depuis la rentrée. Quoi ? ! pas un regard autre que celui du plus profond mépris. Je te baiserai les mains, William, et tu pardonneras mon manque de talent littéraire.

Je sors de cours à 17 h 30, je t'attendrai au café T...

Du cours de mathématiques, ce 4 janvier 19**

LETTRE 86
Jointe aux LETTRES 83, 84 et 85
Camille à Julien
À Saint-Cyr

Votre William me donne un peu de fil à retordre, Vicomte. Je suis ravie, vous pensez bien. Rassurez-vous, je ne me donnerai à lui que vous ne l'ayez ordonné. Quant à la petite Émilie, serait-il possible d'organiser une rencontre avec cette jeune fille ? Je ne peux pas croire qu'elle soit aussi bête que ses écrits. Mais si c'était le cas, vous ne devriez pas prendre tant de précautions avec elle. Un peu d'audace par pitié, cela nous changera des méandres intello-sentimentaux des cœurs que vous me forcez de briser. Ce serait tellement amusant de lire les premières impressions d'un dépucelage dans un style aussi « candide » que le sien. Agissez, mon ami, et écrivez-moi souvent : le détail de vos plaisirs me dédommagera au moins en partie des ennuis que j'éprouve.

De Paris, ce 5 janvier 19**

LETTRE 87
Marie à Tess
tessbaby@hotmail.com
Objet : Retour pour un prochain départ

Hello petite chérie ! Moi aussi je suis triste d'être repartie. Et tu as raison nous ne nous sommes pas beaucoup vues... J'ai très bien compris ce que tu voulais dire dans ton mail et je ne vois pas pourquoi je le prendrais mal. Ce serait ridicule que je sorte avec Bruce (et je sais qu'il n'est pas du genre à aimer une fille à cinq mille kilomètres). Quant à Camille, elle n'est pas plus mon amie que toi. C'est différent, voilà tout. Elle dit que je devrais sortir avec Michael. Je ne t'ai pas beaucoup parlé de lui mais le temps était trop court. J'ai hâte de passer mon bac (et de commencer de vraies études). Je crois que cette année à New York m'aura guérie de toutes mes envies de campus dans les universités américaines.

Comment se passe ta candidature pour Berkeley ? Bizarrement nous allons nous croiser. Quand je rentrerai en France, tu seras sur le départ. Nous n'en serons pas moins des amies pour la vie. Nos mails sont une petite sucrerie tu sais (même si c'est juste pour se dire bonjour). Sur ce je te souhaite une bonne soirée. Kiss Kiss

De marie6@lycee-francais.ny.com,
ce 5 janvier 19**

LETTRE 88
Marie à Camille
À Paris

J'ai reçu un e-mail de Tess. J'ai retourné le problème dans tous les sens et je m'en remets à toi. Elle ne sait rien pour Bruce et moi, mais elle se méfie. Ne vends surtout pas la mèche par pitié. Je ne sais pas quoi faire. En plus elle me fait une scène de jalousie parce que chaque fois que je passais du temps avec Bruce, je lui disais que j'étais avec toi. Je ne suis même pas sûre d'être amoureuse de lui. Ça ne vaut pas le coup de casser une amitié pour trois cartes postales. Mon amie dis-moi. Je me demande ce que je fous à New York. C'était tellement bien de vous revoir tous. Je les trouve débiles ici. Le soir je ne peux pas sortir. J'aime avoir mal aux pieds et marcher main dans la main en canard avec toi après nos nuits en boîte, se coucher les oreilles bourdonnantes et la bouche pâteuse.

Hier la mère de ma famille nous a fait des gâteaux de maïs étouffe-chrétiens (tu me connais, par politesse je lui ai dit que c'était très bon) et ce soir elle s'est mis en tête de m'apprendre à les faire. Si tu la voyais avec son tablier à carreaux, sa manucure rose, son sourire ultra bright et son brushing jaune fluo. Elle m'appelle « Mary » en plus, je déteste ça. Qu'est-ce qu'elle veut ? Me convertir au protestantisme ? Pendant ce temps son mari regarde le golf à la télé (ils risquent rien ces gens-là).

Je suis attendue en cuisine. Je te quitte mon amie. Écris-moi vite.

De New York, ce 10 janvier 19**

Lettre 89
William à Camille
Casier n° 428

Princess, te plairait-il de venir dîner et dormir chez moi, samedi soir ? Je cuisinerais grâce à la magie du micro-ondes. J'allumerais des bougies et nous passerions une nuitée d'amoureux. Qu'en dis-tu ?

Du cours d'anglais, ce 14 janvier 19**

LETTRE 90
Camille à Marie
À New York

Ah, mon amie, je crois bien que je vais passer à la casserole. William m'a invitée à dormir chez lui, et j'ai accepté. Rien n'est encore fait, et je ne sais pas au fond si je suis vraiment prête, mais les intentions du jeune homme ont le mérite d'être claires. Tu seras la première avertie, ne t'inquiète pas.

Parlons un peu de toi. Bruce n'est pas le garçon qu'il te faut. J'ai eu une longue discussion avec Tess (rassure-toi, elle croit à la version amourette platonique), et nous sommes tombées d'accord sur ce point : il est beaucoup trop immature. Et puis, pour une première histoire, avoue que tu fais dans la difficulté. Se croiser tous les six mois n'a jamais aidé personne. L'idée des cartes postales est charmante, j'en conviens, mais lorsque nous en avons discuté à Paris, tu m'as plus parlé de Michael que de Bruce. Essaie de voir un peu clair en ton cœur, et amuse-toi avec un Américain pure souche. Tu t'entends déjà si bien avec ta future belle-mère ! Si tu le souhaites, je peux demander à William de préparer Bruce psychologiquement.

N'oublie pas de m'envoyer ta recette de gâteaux de maïs. Je t'aime, mon amie, ne te fais donc pas tant de souci. Il s'en remettra.

De Paris, ce 15 janvier 19**

Lettre 91
Julien à Camille
À Paris

Les grenades à trois secondes explosent toujours après deux. « Rassurez-vous, je ne me donnerai à lui que vous ne l'ayez ordonné. » Votre désobéissance m'afflige autant que la jalousie me ronge, Marquise. William m'a annoncé la grande nouvelle. Je vous déteste. Mais reprenons notre Roman. Valmont ne prétend-il pas aux faveurs de Merteuil ? Comme elle à lui me promettrez-vous une infidélité en ma faveur ? Je voudrais votre engagement par écrit et cela vaudrait tous les trophées du monde. Fixez le prix et l'échéance de votre choix, vos désirs seront des ordres. Qu'en dites-vous ma belle amie ? Un jour ou l'autre vous serez fatiguée de votre constance. Ce lapin aux yeux bleus est donc bien merveilleux ? Oh ! laissez-moi faire ; je veux vous forcer de convenir que si vous lui avez trouvé quelque mérite, c'est que vous ne me connaissez pas encore.

Adieu. Je vous embrasse comme je vous désire ; je défie tous les baisers de mon bon ami d'avoir autant d'ardeur.

De Saint-Cyr, ce 18 janvier 19**

LETTRE 92
Marie à Bruce
À Paris

Bruce, j'espère que cette lettre ne te fera pas de peine, parce que si je te l'écris c'est que j'ai bien réfléchi. Je pense que notre histoire ne tiendra pas la route (ou du moins pas la distance). N'accuse pas ta sœur à tort. Même s'il est vrai que Tess est mon amie avant tout et qu'elle voie notre couple d'un mauvais œil, il faut penser les choses simplement. Je t'aime beaucoup et je voudrais que nous restions amis. J'ai passé un merveilleux nouvel an grâce à toi. Mais je ne suis pas très douée pour les histoires d'amour. Pardonne-moi si j'ai tenté de te faire croire le contraire.

De New York, ce 21 janvier 19**

LETTRE 93
William à Camille
Casier n° 428

Princess, je te sens partout. I smell you everywhere. Tes seins sont des tulipes que je voudrais manger. Nos baisers dans les couloirs ne me suffisent plus. Je veux me noyer dans tes cheveux. Je veux poser ma main sur ton ventre et le sentir vivre. L'autre nuit tu m'as offert le grain de beauté qui est au bas de ton dos, j'aurais dû l'arracher avec mes dents et le mettre dans un bocal pour pouvoir le caresser quand j'en ai envie.

Et j'en ai envie toute la journée.

Du cours d'anglais, ce 21 janvier 19**

LETTRE 94
Nini à Camille
À Paris

Je n'aime pas les églises. Je n'aime pas le Pape non plus. Ta mère dit que tu es une cul-bénie et elle a bien raison. Quand j'étais petite j'étais première de ma classe en Afrique et il n'y avait que des bonnes sœurs. Elles me détestaient. J'avais toujours la bonne réponse. Dans le jardin il suffisait de planter un noyau de mangue pour qu'un arbre pousse. Tu dis que tu veux être écrivain. Tu écriras mes mémoires. J'ai fait plein de photocopies. J'ai eu la Légion d'honneur pour ça. C'est parce que j'ai fait l'école de journalisme. Mais mon mari était avocat et il prenait des bains et je devais répondre au téléphone pour dire qu'il plaidait alors qu'il était dans les bulles. C'est terrible d'être veuve. Beaucoup d'hommes m'ont demandée en mariage mais c'est lui que je voulais. Il mangeait trop. Tu ne m'écris jamais ta mère dit que tu es égoïste et elle a bien raison. Je t'embrasse ma chérie. Garde le timbre de la lettre.

De Cannes, ce 26 janvier 19**

LETTRE 95
Camille à Marie
À New York

J'ai appris pour Bruce. William m'a dit qu'il avait le cœur brisé parce qu'il était amoureux de toi depuis bien plus longtemps que nous n'aurions pu le prévoir.

Ne t'en fais pas, c'était le bon choix. Samedi soir on est allés à un concert de jazz avec William et lui. On a bu des cocktails violet et jaune, et il a commencé à draguer les filles de la table d'à côté. Je crois qu'il a surtout fait ça pour se donner une contenance, et que je te le répète. Les hommes sont tous des orgueilleux. Quoi qu'il en soit, on a passé une très bonne soirée. Après, j'ai été dormir chez mon homme, parce que c'est officiel. Voilà, tu es mon amie, je ne vais pas rentrer dans les détails mais c'est très bien. Ça se passe très bien. Il est doux, et pas beaucoup plus expérimenté que moi, si tu veux mon opinion. Mais c'est tant mieux. Je ne sais pas si je suis une femme ou toutes ces conneries. Ma vie n'a pas changé. Ce sera sûrement la même chose avec le bac. Une échéance et la vie qui suit son cours. Hier, j'ai pris un café avec Esther et Alexandra. Je ne leur ai rien dit pour William, ce sera pour plus tard. Leur lycée c'est vraiment la classe internationale, architecturalement parlant s'entend. Parce que pour les élèves, ils suivent une mode très je-suis-un-intello-donc-je-m'enlaidis. J'avais l'impression d'être une super-pétasse avec mes talons et mon jean stretch. Esther et Alexandra ont adopté le bohème chic, il faut bien faire des compromis. Je suis sûre que c'est comme ça que tu finiras toi aussi.

Je t'embrasse, mon amie, donne-moi de tes nouvelles avec le beau Michael.

De Paris, ce 28 janvier 19**

Lettre 96
Camille à Julien
À Saint-Cyr

Rien n'est simple et je voudrais pouvoir vous dire que notre jeu prime sur tout. Mais il faut se méfier des pouvoirs de la littérature. Merteuil promet à Valmont qu'elle se donnera à lui s'il lui sacrifie la Présidente de Tourvel, et Émilie ne serait pas un sacrifice à la hauteur. Là n'est pas la seule raison de mon refus, pour l'instant ma couche vous restera interdite. N'oubliez pas que le Vicomte et la Marquise finissent par se détruire. Il ne faudrait pas que notre vie devienne un roman, en tout cas pas ce Roman-là. Je vous aime trop aujourd'hui pour risquer de vous perdre. William est la proie que vous m'avez désignée, laissez-moi m'y attacher. Vous êtes mon confident. Un jour viendra où William ne sera plus rien, et alors nous reparlerons de vos ambitions. Il est votre ami et il vous aime, n'est-ce pas déjà le trahir que de lire sa correspondance amoureuse à son insu ? Nous ne sommes pas obligés de suivre à la lettre les désirs d'intrigue de notre Maître. Concentrez-vous sur votre Prude, et tâchez donc de porter vos ardeurs à la déniaiser.

Adieu, mon ami. Je vous aime toujours beaucoup : mais je vous en prie, si vous me reparlez d'amour, faites en sorte que je vous entende.

De Paris, ce 29 janvier 19**

LETTRE 97
Julien à Marie
À New York

Je ne crois pas me tromper : cette lettre te surprendra car c'est à peine si nous nous connaissons. Camille parle beaucoup de toi, William aussi et Bruce – inutile d'insister – j'ai pu suivre à distance toutes les amours déçues de ce dernier. Je ne viens ni en médiateur ni en conseiller. Je serais juste curieux d'apprendre qui tu es réellement. Les amis de mes amis sont mes amis. À en croire Camille – qui est la plus chère à mes yeux – tu es une personne rare. Tu es la Douceur, la Modestie et l'Intelligence. Accorde donc un peu d'indulgence à ma curiosité. Ma démarche n'a pas à rester secrète. Si tu le souhaites, nous pourrons nous écrire des lettres lorsque l'envie nous en prendra. J'aimerais faire partie de ta vie. C'est aussi simple que ça.

De Saint-Cyr, ce 1er février 19**

LETTRE 98
Julien à Camille
À Paris

Vous avez parfaitement raison ma belle amie, il serait terrible d'avoir à choisir entre devenir votre amant ou votre ennemi. Le jour où vous vous donnerez à moi sera un jour de liesse, mais je saurai être patient. Quant à Émilie, elle est à moi, entièrement à moi et depuis hier elle n'a plus rien à m'accorder. Je vous demanderai donc de ne plus la traiter de niaise. Certes elle n'a pas vos talents littéraires, mais elle sait se donner sans tromperies et sans faux-semblants – ce qui est bien rare parmi les jeunes filles d'aujourd'hui même quand elles sont à peine dépucelées. Son corps a tenu toutes ses promesses et a su me combler en toute simplicité. Je ne me voyais pas lui faire l'amour ailleurs que dans sa chambre de pensionnaire modèle. Aussi le risque de nous faire prendre n'a fait qu'ajouter à mon excitation. Faire passer une femme de la terreur à l'abandon, voilà qui en réjouirait plus d'un.

Mais je m'emporte et j'oublie de vous parler de la Présidente de Tourvel. Émilie n'est pas à la hauteur je vous l'accorde. Il nous faut une citadelle imprenable. J'aurais bien une petite idée, mais je suis trop occupé pour le moment avec ma Blonde. La peau d'une vraie blonde a une saveur incomparable. Néanmoins, si j'arrivais à faire plier une femme extraordinaire et que je vous la sacrifie, consentiriez-vous enfin à me faire dormir sous votre moustiquaire ?

Bientôt 2 heures du matin, temps pour moi de vous quitter et d'escalader une gouttière. La tête me tourne à l'idée que je vais bientôt étreindre son corps frêle et passer mes mains sous le coton de sa chemise de nuit. Vous qui découvrez les joies de l'amour physique, je suis sûr que vous comprendrez les frissons qui agitent ma colonne vertébrale.

Adieu, ma belle amie ; embrassez les ardeurs du jeune William et pensez à venir au plus tôt jouir de votre empire sur Julien, en recevoir l'hommage et lui en payer le prix.

De Saint-Cyr, ce 1er février 19**

Lettre 99
Stanislas à Camille
Casier n° 428

Je l'observe et je constate avec dégoût qu'il n'a rien de plus que moi. Tu ne l'aimes pas. De même que tu ne m'as jamais aimé. Sale Pute.

Du cours de philosophie, ce 2 février 19**

Lettre 100
Camille à Nini
À Cannes

Nini, tu n'as jamais eu la Légion d'honneur, arrête de délirer. Je ne veux pas être écrivain, je veux être actrice. Jouer. La vie n'a aucun sens. Les philosophes posent des questions qui n'ont pas de réponse. Les poètes parlent du bleu du ciel avec des métaphores pourries, alors qu'il suffit juste de le regarder. Les politiciens se font faire des liftings, car ils ont peur qu'on sache qui ils sont. Les pompiers sauvent des gens et les flics se bourrent la gueule en attendant que quelqu'un les agresse, histoire de pouvoir verbaliser. Les boîtes de nuit sentent la transpiration et, à l'aube, ça colle par terre. Les profs ne savent pas raconter les histoires, les parents se sentent coupables, les vieux pensent que tous les jeunes sont des ingrats. Les garçons de café sont odieux. Les amoureux, prétentieux. Dieu est loin. Toi aussi, je pense à ma Nini, la folle qui a décidé de se détruire à coups de médicaments et de verres de rosé. Je t'aime, Ninotchka, fais bien attention à toi.

De Paris, ce 5 février 19**

LETTRE 101
Marie à Camille
À Paris

Tu me dis que je fais dans la difficulté avec Bruce, mais ça ne sera pas plus simple avec Michael. Tout d'abord il est à l'université et ne rentre qu'un weekend sur deux en moyenne. Ensuite voilà six mois que je vis chez ses parents et il ne m'a jamais proposé de passer un moment avec lui. Il va au cinéma avec ses amis, il va dans les bars avec ses amis (il a plein d'amis) et il traite sa sœur comme le plus gros boulet de la planète (ce qui n'est pas loin d'être vrai soit dit en passant). Le problème c'est que Samantha raconte partout qu'on est des super-cops. Malgré tout je ne suis pas sûre que s'allier avec lui pour critiquer la greluche soit une bonne technique de rapprochement. Tu as une idée ? Il étudie la biologie, aime les films de kung-fu, le peanut butter au petit déjeuner et ses idoles sont tous des serial killers (à part Bart Simpson). Il est assez drôle surtout quand il se moque de sa sœur. La dernière fois on regardait la télé et il lui a dit de fermer la bouche (elle porte des bagues) soi-disant que toute cette ferraille déréglait l'antenne !

Est-ce que tu savais que les écureuils de Central Park étaient toxicos ? Avec tout ce qui se passe dans les bosquets, je pense que ça n'est pas une légende.

Nouvelle dissertation de philo en perspective... J'ai toutes les vacances et j'ai décidé de m'y prendre à l'avance pour une fois. Malheureusement force est de constater que Hegel est totalement illisible. Je crois que je ne suis pas plus douée que toi. J'ai hâte que toutes ces histoires de bac se terminent. On fait quoi l'année prochaine ? Une hypokhâgne ? Tiens-moi au courant de tes candidatures, je veux être avec toi. À très vite mon amie.

De New York, ce 6 février 19**

LETTRE 102
Jointe à la LETTRE 93
Camille à Julien
À Saint-Cyr

Dites-moi donc, mon cher, d'où peut venir ce ton insolent et les critiques à peine voilées qui font tout le sel de votre dernière lettre ? Si une niaise vous met dans de tels états, il faudra définitivement renoncer à coucher avec une cruelle de mon genre. Vous ne vous en relèveriez pas. Quoi qu'il en soit, je pense que vous ne seriez pas à la hauteur d'une citadelle, encore moins si elle est imprenable. Contentez-vous de m'envoyer les trophées qui sont à portée de votre main... et qui me sont dus, est-il besoin de vous le rappeler ? À moins que votre Belle reste muette d'admiration face à vos exploits. Dans ce cas, je vous pardonne. Après tout les carpes ne sont bonnes qu'à faire des sauts de carpe.

De Paris, ce 6 février 19**

LETTRE 103
Camille à William
À Paris

Je t'ai regardé dormir, et tes yeux sont si bleus que lorsque tu les as ouverts, j'ai cru que j'avais fait l'amour à un extraterrestre. Mon prince de miel, ton parfum est celui du pamplemousse. Je t'aime. Je vais mettre tous tes poèmes dans une petite boîte, et quand je serai vieille, je les relirai pour me souvenir de ton amour.

J'ai commencé *Ecce homo* dans le train, nous en reparlerons, c'est un drôle de cadeau.

Quelle tristesse de devoir te quitter pour aller me prendre des sapins. J'espère que tu m'aimeras encore à mon retour... avec la marque des lunettes.

De Megève, ce 8 février 19**

LETTRE 104
Émilie à Julien
À Saint-Cyr

Je suis très embêtée pour ce qui s'est passé, mais ce n'est pas de ma faute. Et je te demande pardon même si je n'ai rien fait. C'est Clotilde qui n'a pas voulu ouvrir parce que je crois qu'elle est jalouse. Moi je ne savais rien, je t'ai attendu. Après je lui ai demandé, mais elle a dit qu'on avait fait du bruit la nuit d'avant et que c'était pour ça. C'est mon amie, elle fait ça pour notre bien. Je suis sûre que tu as de la peine, mais j'en ai encore plus que toi. Est-ce que tu es privé de sortie pendant les vacances ? Cette semaine je reste au pensionnat pour travailler, mais la semaine prochaine je vais chez ma tante de Paris. On pourrait se voir les après-midi. Ne sois pas triste mon Juju. Si tu m'aimes, tu sais que moi aussi. Alors si tu es d'accord pour Paris, on peut se voir vendredi à l'heurc du déjeuner dans le parc et tu n'auras qu'à me faire un signe de tête. Je sais que c'est compliqué, mais c'est la seule solution que j'ai trouvée. De toute façon tu ne peux pas venir toutes les nuits, c'est trop dangereux. Je vais aller poster ma lettre. J'espère que quand tu la recevras tu ne seras plus fâché. Je t'aime de tout mon cœur.

De Saint-Cyr, ce 9 février 19**

Lettre 105
William à Julien
À Saint-Cyr

Ce soir je suis triste, mon chou. Pour la première fois de ma vie, j'ai claqué la porte de ma chambre et je me suis enfermé. L'ambiance à la maison est intenable. Maman n'arrête pas de faire des allusions douteuses sur le fric de mon père et sa pseudo-radinerie alors que ça fait quinze ans qu'il l'entretient. Je me demande si elle l'a jamais aimé. Il a dû la faire rêver avec ses yachts, ses Jaguar et ses chauffeurs. Tu savais qu'elle avait dix-huit ans quand elle l'a rencontré ? Je suis un accident. Elle s'est servie de moi, elle n'a jamais eu besoin de se lever pour aller chercher du travail.

Son futur mari est un plouc. Lui aussi est intéressé.

Il se permet de me faire des grandes leçons de morale mêlées de vagues notions juridico-économiques. Je voudrais lui arracher les yeux et le cœur par la même occasion. Son cœur pétri de bonnes intentions et de « Ton père ne se rend pas compte de la chance qu'il a de t'avoir pour fils ». Ce n'est pas comme ça qu'ils m'auront. Ils font l'amour trop souvent, j'entends leurs gémissements et je les hais. Quand Camille vient dormir à la maison, ma mère me lance des œillades complices, je voudrais qu'elle reste à sa place. Elle l'a invitée au mariage, bien sûr. Tu n'auras qu'à venir avec ta chérie, on se shootera au champagne et on oubliera qu'un couple sur deux se sépare, que nous aussi on divorcera et qu'on se remariera et que tout ça n'est qu'une immense bouffonnerie. Ce con n'a même pas assez de fric pour lui offrir une belle bague, histoire qu'elle puisse renoncer à celle de mon père. Elle n'a qu'à la vendre aux enchères, elle ne me fera plus chier avec ses histoires de prestations compensatoires.

N'envie pas ma prison dorée mon ami, la tienne a au moins le mérite d'annoncer la couleur. Échappe-toi pour venir passer un peu de temps avec nous ce week-end, après tout c'est les vacances, God damn it !

De Paris, ce 10 février 19**

LETTRE 106
Camille à Marie
À New York

Je suis d'accord pour Hegel. J'ai envoyé mon dossier pour les hypokhâgnes des lycées H..., L... et F...,

« Car où tu iras j'irai, et où tu passeras la nuit je passerai : ton peuple sera mon peuple et ton dieu sera mon dieu ; où tu mourras je mourrai et là je serai enterrée ». T'ai-je dit que je m'étais lancée dans la lecture de la Bible ? William m'a offert *Ecce homo* de Nietzsche, c'est d'une violence extrême. Je le déconseille à quiconque vivrait l'esprit tranquille. Je l'ai lu néanmoins. J'ai passé deux heures samedi à pleurer et à prier pour que Dieu me pardonne d'avoir tant douté, et de douter encore. J'en veux énormément à William qui n'a jamais cru en rien. L'autre jour, il m'a dit que si nous avions un fils il voulait l'appeler Friedrich, il peut toujours courir. Heureusement nous n'en sommes pas encore là. Ce qui nous amène à parler de Michael. Ça n'est peut-être pas aussi facile que ça en a l'air. Bart Simpson, tout ça, c'est effrayant, je te l'accorde. Mais s'il est aussi beau que tu me l'as décrit (et qu'il se lave les cheveux un peu plus souvent), moi je dis qu'il faut passer à l'attaque. Je propose une invitation : un jeu de cartes où tu lui dirais l'avenir. Tu n'as qu'à improviser. Un truc qui le dépasse. Et puis lance-toi un peu dans la culture kung-fu, surtout si elle date des années quarante, ça ne peut pas faire de mal. En vrai, mon amie, je blague, mes idées sont catastrophiques, fais comme tu voudras.

Ici le ciel est bleu et les montagnes sont blanches. Je perfectionne ma « godille », que je suis la seule à nommer ainsi. Hier, j'ai failli me crever l'œil avec mon propre bâton. J'ai toujours les pieds et les mains gelés, et puis surtout ça me fatigue, tu n'as pas idée. De quoi avoir presque envie de retourner en cours. Retrouver Tess, Chloé, Daphnée, l'amour Williamesque dont je me lasse à vitesse grand W, et Esther et Alexandra que je ne vois pas beaucoup ces temps-ci.

En art, avant les vacances, ils nous ont donné comme sujet « La tarte aux pommes », je leur ai concocté une petite brutalité. Une mère qui décide de faire une tarte à ses enfants et qui se rend compte à la dernière minute qu'elle n'a pas assez de fruits. Tous les épiciers du coin sont fermés, c'est une mauvaise mère, tu comprends, elle culpabilise, elle décide de sacrifier ses beaux seins en forme de pomme (on les lui a toujours complimentés), et de les découper pour servir à ses enfants un dessert cannibale. Sur le tableau, on voit la femme les lèvres crispées, le couteau enfoncé et le sang qui gicle sur la tarte encore inachevée. Notre professeur étant une excentrique notoire, elle a beaucoup aimé. Cette conne d'Anastasia est venue me voir à la fin du cours pour me dire qu'elle trouvait mon dessin « complètement bizarre » ! Le jour où elle saura s'exprimer, on aura une petite discussion elle et moi.

Je t'embrasse, mon amie, fais bien attention à toi.

De Megève, ce 17 février 19**

LETTRE 107
Nini à Camille
À Paris

Je n'ai jamais dit que j'avais eu la Légion d'honneur c'est mon père qui l'a eue. De toute façon je ne t'aime plus tout ce que tu pourras me dire de méchant je m'en fous [illisible]. Si tu ne veux pas m'envoyer les timbres [illisible] tu [illisible] j'ai un nouvel ami qui fait la collection. C'est les animaux que je préfère. Quand tu étais petite tu venais avec moi au marché du Carré Marigny et tu allais faire un tour sur les petits ânes et tu étais gentille au moins. Ta mère te mettait toujours un chapeau tu ressemblais à une petitc reine et tu ne faisais jamais de caprice. Je pense que tu vas mal tourner tu es trop égoïste [illisible].

De Cannes, ce 21 février 19**

Lettre 108
Jointe à la Lettre 104
Julien à Camille
À Paris

Rien ? J'ai attendu une lettre de vous toute la semaine. Peut-être vous-je ai déçue samedi dernier ? Oh, je ne m'en remettrais jamais. Vous l'avez trouvée stupide, niaise, mal mise ? Que sais-je encore, les femmes sont si compliquées. Mais laissez-moi vous dire que vous ne pouvez pas décemment me refuser votre lit et être jalouse de celle qui occupe le mien. Car c'était de la jalousie, très chère Marquise. Une soirée à quatre, chacun son amoureux. C'est votre William qui en avait eu l'idée. Vous-même du haut de vos montagnes aviez émis le souhait de la rencontrer. Que doit-on faire pour vous plaire ? Mes avances vous auraient-elles à ce point troublée ? C'était une boutade mon amie, c'était pour donner un peu de piment à l'aventure et vous m'avez répondu que je devais être patient. Je vous ai écoutée. J'ai pris le plaisir là où il se présentait. Je me suis fait une raison. Émilie n'est pas à votre goût si j'en juge par vos yeux méprisants tout le long du dîner. Soit, mais que vous importe ? Ses trophées ne sont pas à la hauteur de vos mélodieux poèmes d'amour – en anglais qui plus est. Soit. William est mon ami ne cessez-vous de me répéter. Parfaitement. Et j'étais très heureux de passer une soirée en votre compagnie sans être obligé de tenir un chandelier ardent.

Si vous boudez, faites-le-moi savoir par pitié. Je réclame comme toujours votre indulgence, sachez qu'elle ne nuira point à ma soumission parfaite.

Ah j'oubliais... Émilie me fait vous dire qu'elle vous aime beaucoup. Bonsoir, chère.

De Saint-Cyr, 23 février 19**

LETTRE 109
Marie à Julien
À Saint-Cyr

Ta lettre m'a surprise en effet. Je sais que tu es un ami de Camille ainsi que de William et de Bruce, mais je tiens à t'avertir que je ne suis ni Intelligence ni Modestie ni quoi que ce soit que l'on ait pu te raconter. Je pense donc que cette correspondance tournera à la déception. On ne décide pas de faire « partie de la vie de quelqu'un ». Il faut être deux pour ça (aussi absurde que cela puisse paraître). Peut-être nous verrons-nous à Paris avec nos amis. Nous reparlerons alors de tes « envies ». Je ne voudrais surtout pas que tu me trouves méprisante, Camille m'a parlé de toi :

tu as toute mon estime. C'est juste que pour le moment, je pense qu'il vaut mieux que nous en restions là.

De New York, ce 1er mars 19**

LETTRE 110
Julien à William
À Paris

Mon Chou. Tu es mon meilleur ami. Quand je t'ai vu débarquer à l'école avec ton français baragouinant, j'ai eu envie de te serrer dans mes bras et de faire comme Versac avec Meilcourt, te montrer un peu les ficelles. Aujourd'hui tu parles mieux français que moi et je refuse que tu souffres. Ta mère vit sa vie et elle a raison de croire à l'amour. Ton beau-père n'est pas un mauvais type, ton père n'est pas à plaindre. Ne te laisse pas encombrer par leurs querelles intestines. Tu es beau, tu es brillant, tu as une Camille dans ton lit, tu es le fils unique d'un milliardaire, tu peux faire ce que tu veux de ta vie. Et même si tu es une brêle au rugby, ça n'est pas une raison suffisante pour déprimer. Est-ce que ça te ferait rire si j'arrivais déguisé dans mon uniforme soldatesque au mariage de ta petite maman ? Je ferai danser le rock à toutes les mémés et on boira des cocktails pour dédramatiser le tout. Ne t'en fais pas, il y aura de la rigolette.

À Saint-Cyr rien ne se passe. Mes camarades se soutiennent dans l'adversité, mais ils n'ont pas assez d'énergie pour l'exalter. L'enthousiasme qui est dans ma nature se voit souvent contrarié par la rigueur militaire. Je voudrais faire la révolution, être né à une autre époque que celle de la morose démocratie. Partir au combat sabre au clair. Construire des barricades, voir mes illusions broyées par des méchants, résister et vaincre. Mais il n'y a pas d'ennemi à l'horizon. C'est d'un mortel ennui. Camille dit que je devrais me lancer dans la politique. Je crois qu'elle n'a pas du tout aimé Émilie. Est-ce que vous en avez parlé tous les deux ? Toi-même tu ne m'as rien dit, elle est si catastrophique que ça ? Tant que je ne suis pas amoureux, je ne crains pas le ridicule. Toi en revanche tu ferais bien de te protéger un peu de ce côté-là. « Les balles lumineuses fonctionnent dans les deux sens... », comme dirait Murphy. Take care mon Chou.

De Saint-Cyr, ce 2 mars 19**

LETTRE 111
William à Camille
Casier n° 428

Je suis le serpent supplicié. Celui que tu aimes un jour sur deux. Lunatic Princess, ta dureté m'effraie. Pourtant ton cœur n'a pas été brisé, tu n'as jamais souffert. De quoi cherches-tu à te protéger ? D'un état potentiellement dangereux que tes lectures t'ont trop de fois raconté ? Oui, merci pour *Belle du Seigneur*, ça m'a mis sur la piste. Si tu t'étais vue me raconter l'histoire du vieux moche caché derrière les rideaux avec sa transformation en un coup de scotch, comme il a fait plier les résistances de sa dulcinée et leur amour qui ne tient qu'à l'apparence physique. Trente-six dents, tu vois, j'ai bien écouté. Tes yeux brillaient comme si tu étais détentrice de la Vérité. Elle est absurde ton histoire, ça n'est pas ça l'amour, ils sont ridicules tes piments, tes soi-disant remèdes contre l'ennui. Je suis fâché Camille. Je suis las de tes romanesques méninges tourneboulées. S'il te plaît, reviens-moi. Come back with your ship even if you have to battle against unwanted and strong winds. I will embark and take you far somewhere to seas of nobility where outlaws who have respect can bail freely. And where the salt infects the eyes and then the body as soon as the water carries heavy bundles of despondency.

Reviens-moi, tu ne peux pas être si méchante que ça.

Du cours d'allemand, ce 5 mars 19**

Lettre 112
Julien à Marie
À New York

Méprisante non. Froide oui. Et très lente à me répondre surtout. De plus je fais déjà partie de ta vie. Que tu le veuilles ou non, ce petit carré de papier blanc et d'encre que tu as eu la bonté de me poster en est la preuve irréfutable. Tu écris qu'il vaut mieux que nous en restions là. À ce stade en effet nous n'aurions rien à perdre. Ma proposition est la suivante : prends mon temps.

La modestie n'étant pas de mon ressort, j'ai la prétention de penser que mes lettres te distrairont. J'y inscrirai toutes mes grandes et mes petites Vérités. Je voudrais juste avoir le bonheur d'être lu de toi et je ne te demande même pas de me répondre, tu seras cette muette inconnue de l'autre côté de la mer. Notre relation sera complètement inégale, je resterai dans l'ignorance et tu sauras tout de moi. Bien sûr je comprendrais que tu n'acceptes pas – il faudra alors m'écrire une dernière fois. À moins que ton silence n'ouvre la porte à toutes mes folies.

Dans l'espoir donc de ne pas recevoir de réponse, je te prie de croire ma chère Marie à l'expression de mes respects les plus bavards.

De Saint-Cyr, ce 6 mars 19**

Lettre 113
Jointe à la Lettre 111
Camille à Julien
À Saint-Cyr

Petit malin, si vous saviez à quel point votre dernière lettre m'a énervée. Sachez que je ne saurais être jalouse de votre Prude, non pas qu'elle soit niaise ou encore « mal mise » (la jolie formule pour qualifier son inégalable ploucquerie), mais elle m'a simplement déçue. Je m'attendais à une sensualité débordante, à une candeur digne de votre enthousiasme, je l'ai trouvée pâlotte et d'un mortel ennui. Vous vouliez mon avis, admirez ma franchise. Cela étant dit, tout est ma faute, et il n'est pas de proie actuellement en rayonnage qui soit digne de vous. Quant à vos indécentes propositions à mon égard, je pense que nous avons fait le tour de la question. Temporairement du moins. Je suis déjà lasse du poète anglais que vous m'avez désigné, et j'ai décidé de le martyriser jusqu'à ce que vous ayez la bonté de me fournir de la chair fraîche. Ci-joint le dernier trophée en date, plein d'amertume et d'espoirs infondés. C'est de cela, mon cher Julien, dont je voulais vous parler. Malgré le ton de persiflage du début de cette lettre, je souhaiterais qu'à l'avenir nous ne tombions pas dans le reproche. Nous ne nous devons rien, notre amitié s'est fondée sur une association diabolique, certes, mais écrire doit rester un plaisir avant toute chose et il serait dommage de le gâcher par des chamailleries d'orgueil. Unis, soyons-le véritablement, vous tromperez vos amis et je n'aurai de cesse de vous plaire. Vicomte, je n'aime que vous.

De Paris, ce 6 mars 19**

Lettre 114
Camille à Nini
À Cannes

Je t'oublie, je vis mes folies sans m'inspirer de la tienne. J'ai tort, je devrais tirer des enseignements de tes conseils avisés. Tu as ri plus que moi, tu as connu les drogues et leurs tourments, la maladie, l'amour et la mort, tu as noyé ton chagrin dans l'alcool, tu as été respectée et délaissée, tu sais ce qu'est la vie, tu sais ce qu'est la solitude. Mais voilà, on n'apprend malheureusement que par soi-même, on ne tire de leçons que de ses propres erreurs. Si l'Histoire était d'une quelconque utilité, si elle servait d'exemple aux générations futures, elle ne se répéterait pas inlassablement.

Nini, je suis ta petite-fille des cavernes, tu restes abandonnée de tous et je pourrais garder les timbres pour te faire plaisir et te les envoyer, mais je ne réponds même pas au téléphone quand tu m'appelles parce que ma vie est si merveilleusement futile. Pardonne-moi. Je t'aime sans t'en donner la preuve, toi aussi tu as sûrement méprisé ta grand-mère.

De Paris, ce 6 mars 19**

LETTRE 115
Marie à Camille
À Paris

Mon amie il m'est arrivé une étrange lettre. Tu m'avais décrit Julien comme quelqu'un d'enthousiaste, il me propose une correspondance à sens unique. Je trouve ça très bizarre. Je ne comprends pas ce qu'il cherche avec ses grandes phrases. Il veut « faire partie de ma vie » (le portrait que tu lui as dressé de moi doit être bien catastrophique). Je n'ai pas besoin d'un renfort de distractions. Nos lettres me suffisent amplement. Fais-le-lui savoir s'il te plaît.

Le printemps à New York est si beau. Tout est affaire de coins. Tout est carré ici. Les lignes d'horizon sont incroyables, chaque rue débouche sur une perspective de la fin du monde. De l'infini à la verticale. Camille tu me manques, je voudrais prendre un taxi jaune avec toi, donner une adresse à un chauffeur qui ne comprendra rien à mon accent et rouler très vite en claudiquant, en cabossant le long de ces avenues folles. Avec toi. L'autre soir nous sommes sortis avec

Samantha et Michael (et autant d'amis de Michael que la ville peut compter de kung-fu lovers). Oh c'était vraiment une bonne soirée, une verrière au vingt-septième étage, des bloody mary à volonté et cette espèce de piment qu'ils mettent dedans. Je me suis couchée avec un goût de céleri sur les lèvres. Tu aurais adoré. Peut-être un début de rapprochement avec Michael, mais n'anticipons pas.

Aucunes nouvelles de Bruce. Tu avais raison. Je voulais te dire aussi que j'ai eu Alexandra au téléphone hier soir, elle m'a dit qu'Esther était très perturbée par sa rupture avec Niels. Occupez-vous bien d'elle, elle est si fragile.

Pour les hypokhâgnes, je te suis. J'enverrai mes candidatures cette semaine. Quelle plaie ces lettres de motivation. Quelle joie de se dire que nous allons nous retrouver en cours. Bientôt, bientôt. Et alors il faudra en profiter parce que cette proximité ne se reproduira plus jamais.

Prends bien soin de toi.

De New York, ce 15 mars 19**

Lettre 116
Camille à Julien
À Saint-Cyr

Je vous défends d'écrire à Marie. Je vous le défends, entendez-vous ? C'était donc cela votre citadelle imprenable ? Marie est à moi. Tu la touches, je te tue. Pauvre imbécile. Vous croyiez vraiment qu'elle me tiendrait en dehors de ça ? Marie est honnête, elle.

Écrivez-lui une seule fois encore et j'envoie vos déclarations enflammées à votre cher William. Car je vous prie de croire que, si jamais je me trouvais réduite à ce choix malheureux de vous sacrifier ou de me sacrifier moi-même, je ne balancerais pas un instant. Adieu, Monsieur.

De Paris, ce 20 mars 19**

LETTRE 117
Camille à Marie
À New York

Ma chérie, ne t'en fais pas pour Julien. Il faut comprendre que je lui parle de Marie avec tant de joie qu'il a fini par tomber amoureux de toi, lui aussi. C'est beaucoup plus facile qu'on ne croit de tomber en amour par personne interposée.

Ne t'en fais pas non plus pour Bruce, aucune Anastasia à l'horizon. Quand on t'aime, on a du mal à passer aux fadeurs ambiantes. Je le comprends, tu me manques tellement. Tess me fait pas mal rire, elle s'est amourachée du vendeur de paninis en face de l'école : il est italien, tout s'explique. Quant à Esther, il n'y a rien à faire. Elle est née avec un cœur de verre. Si tu savais à quel point ta lettre m'a fait plaisir. Un jour nous irons à New York toutes les deux et on boira toutes les vodkas et tous les jus de tomate que tu voudras. On verra l'aube se lever sur Manhattan. Et l'avenir nous appartiendra. Mais il nous appartient déjà. Paris est mon royaume, je danse sur les podiums, je trame d'odieuses intrigues, je me moque de William, je pense à toi. Si je ne te déçois pas trop, je serai la marraine de tes enfants et toi des miens, une fois que l'idée d'accoucher aura cessé de me terroriser.

Mon amie, profite, fais la fête, danse toutes les danses, je t'aime, tu es la seule personne que j'aie jamais vraiment respectée.

De Paris, ce 20 mars 19**

LETTRE 118
Camille à William
Casier nº 267

Mon amour, mon Prince des autres planètes, j'ai passé un si merveilleux week-end dans tes bras. Tu es si doux, je ne te mérite pas. Ce matin en cours de maths, il suffisait que je ferme les yeux et que je repense à tes caresses pour que tout mon corps se torde et palpite. Impossible de croire après ça que x = 0 ou 1 ou 2. Aurais-tu le temps de prendre un café avec moi après les cours ?

Ta Princesse des tulipes

Du cours de mathématiques, ce 22 mars 19**

LETTRE 119
Émilie à Julien
À Saint-Cyr

Je ne sais pas pourquoi tu as été si méchant hier soir, mais j'ai beaucoup de peine et je n'ai pas arrêté de pleurer toute la nuit. Je ne suis pas amoureuse de Sébastien. En plus je ne lui ai parlé que deux fois dont une fois avec toi. Je ne savais pas si tu lui avais dit pour nous, mais moi en tout cas je n'ai rien dit. Je voulais garder le secret et ça n'est pas du tout parce que j'avais honte comme tu l'as dit, mais simplement parce que tu avais promis que ce serait notre secret, sauf pour Clotilde, mais on n'avait pas le choix et aussi pour Camille et William, mais ça ne compte pas. Tu m'as fait mal aux cheveux. Je suis tellement triste. Je crois que c'est mieux qu'on ne se parle plus. Mes joues me piquent. Si tu ne m'aimes plus tu n'as qu'à me le dire, mais tu n'as pas le droit de me crier dessus comme ça alors que je n'ai rien fait. Et si tu étais si fâché, pourquoi est-ce que tu as voulu qu'on s'embrasse ? Je sais que tu m'aimes mon Juju. Vraiment il faut me croire si je te dis que je n'aime pas Sébastien et que c'était juste une discussion amicale. Aujourd'hui j'ai recommencé à pleurer et je croyais que tu viendrais me voir. Tu peux casser si tu veux, mais ce ne sera pas de ma faute parce que je n'ai pas mérité ça. Je t'aime. Ne me laisse pas.

De Saint Cyr, ce 23 mars 19**

LETTRE 120
Jointe à la LETTRE 119
Julien à Camille
À Paris

Divine Marquise je ne pensais pas à mal. Je voulais vous faire une surprise et voilà pourquoi je ne vous avais rien dit pour votre amie. Vous me la défendez, que votre volonté soit faite. Vous savez bien que la simple idée de vous contrarier m'horrifie. Plus de reproches, plus de secrets, notre amitié est la plus belle chose qui me soit jamais arrivée. Pour preuve de ma bonne volonté je dépose à vos pieds un petit trophée de lassitude et de méchanceté.

Remettons les choses dans leur contexte, j'ai reçu votre petite bombe lundi matin et je ne vous cacherai pas une fois l'angoisse passée – car je sais au fond que vous ne pouvez pas vous passer de moi – que j'étais de fort méchante humeur. Je croisai alors les yeux mouillés de ma bécasse. Elle allait payer le prix de toutes nos contrariétés. Je lui donnai rendez-vous pour le soir même avec une froideur qui aurait dû lui mettre la puce à l'oreille, mais il paraîtrait que l'on soit très bête et très aveugle quand on est amoureux. Je me languissais d'une dispute violente, mais cette petite est irréprochable. Dans ces cas-là, une scène de jalousie – avec tout ce qu'elle peut comporter d'irrationnel – s'imposait. Je choisis mon camarade de chambre, un certain Sébastien futur poseur de mines antipersonnel dont je vous ai déjà parlé. Je les avais vus discuter dans le parc et cette raison m'a paru suffisante. Empruntant la gouttière habituelle, je la retrouvai très apprêtée. Elle avait mis du rouge à lèvres la Ridicule, alors je lui ai dit qu'elle avait beaucoup changé. De syllogisme en absurdité, je lui ai démontré sa superficialité, son désir de plaire à tous les pensionnaires qui croisaient son chemin et sa flagrante infidélité. Plus elle niait, plus je trouvais de raisons de l'insulter. Dans un accès de désespoir elle s'est jetée sur moi, alors j'ai empoigné ses boucles d'or et j'ai tiré jusqu'à ce qu'elle s'agenouille pour implorer un pardon qu'elle ne méritait pas. En larmes, elle s'est exécutée. Le pauvre piège : j'ai pris cela pour un aveu, elle devenait de fait impardonnable. J'ai compris Néron et tous les méchants de ce monde hier soir mon amie. Je pensais à vous et je riais. L'idée de rentrer dans ma chambre pour vous raconter l'aventure me faisait vous aimer à la folie. Quel dommage que vous ne soyez pas un homme, je vous désirerais moins.

À samedi ma belle Marquise, pour la grande débâcle.

De Saint-Cyr, ce 24 mars 19**

Lettre 121
Julien à Marie
À New York

Si j'en crois ton silence, cette lettre ne t'importunera pas. Marie, ainsi tu consens à ce que je te raconte ma vie. Je ferai comme David Copperfield en plus court. Je suis né à Paris d'un père notaire et d'une mère professeur d'histoire. Un couple exemplaire. Lui froid et sévère, idéaliste dès qu'il ne s'agissait pas d'argent, elle petite-bourgeoise amoureuse et d'une fidélité à toute épreuve. J'étais le premier fils. Celui en qui l'on place tous ses espoirs de fac de médecine ratée. Mon père est un grand énergique, il aime le vélo et le rugby. Ma mère est une folle du ménage, elle rêve d'un service de soixante-quinze pièces en argenterie qu'elle pourrait briquer jusqu'à la moelle dès que l'envie lui en prendrait. Mon père ne lui offre des fleurs que lorsqu'il a quelque chose à se faire pardonner. Mon frère est de trois ans mon cadet. Sans même avoir eu besoin de se concerter, ils ont fait de nous le sacrifice de leur vie. École privée, clubs de sport, cours de piano et chemises Ralph Lauren. J'ai toujours été très dissipé, incontrôlable et premier de ma classe. Mon frère a suivi mon exemple, en version cancre. Un choix judicieux, il réussira sûrement mieux que moi.

Je suis un idéaliste. Je crois en la bonté des hommes et en la grandeur de Napoléon Bonaparte. Je suis un homme perdu. J'aime les femmes, les armes et les alexandrins. Je ne suis à Saint-Cyr que dans l'espoir d'y comprendre les ficelles qui me permettront de faire un putsch et de changer radicalement le monde dans lequel nous vivons. Je suis un jeune homme qui pleure lorsqu'il lit le journal et pense naïvement que l'honneur de la France a été bafoué. Je cherche désespérément la cause qui fera de moi un homme avec un couteau entre les dents. J'espère surtout que mes écrits t'effraieront. Mais puisque tu as décidé de ne jamais me répondre, ma franchise sera sans conséquences. On ne se ferme pas les portes d'un cœur si on n'en possède pas la clef.

De Saint-Cyr, ce 24 mars 19**

Lettre 122
William à Camille
Casier n° 428

I am so sorry. Please forgive me. Sweet Princess. Tu sais à quel point ce mariage me sera odieux. Je veux que tu viennes. Je ne veux pas savoir qui a commencé. Nos disputes m'épuisent. Camille, reviens, s'il te plaît.

Du cours d'anglais, ce 25 mars 19**

Lettre 123
Nini à Camille
À Paris

Quand on est archéologue il faut passer toute sa vie avec une brosse à dents à gratter le sable. C'est très fatigant comme métier. Ton histoire des hommes des cavernes ne me touche pas. Ça ne sert à rien de se trouver des excuses dans la vie. Tu es ma petite-fille et je t'aime. Tu n'as pas à me sortir des phrases grandiloquentes. Tu me fais chier avec tout ton baratin de conflit des générations. Et ne me dis pas que je suis vulgaire. Je vais très bien. Toi aussi tu disais beaucoup de gros mots quand tu étais petite. Si tu avais un chien il serait malheureux. Tout te dégoûte. Tu devrais lire Marguerite Yourcenar ça t'apprendrait les choses de la vie et Colette aussi. Moi je ne lis plus parce que tout m'ennuie.

De Cannes, ce 26 mars 19**

LETTRE 124
Camille à William
Casier n° 267

Oui, je sais. Et je ne suis pas fâchée, tu as sûrement de très bonnes raisons d'être odieux. Je ne peux pas te voir ce soir, dernier essayage de robe et problème d'ourlet en perspective. Je te retrouverai directement à la mairie demain. Ne t'inquiète pas. Tout se passera bien. Ta mère est hystérique, mais elle est heureuse et c'est tout ce qui compte au fond. Julien et moi, nous te servirons de citadelle. Du champagne en intraveineuse, ton meilleur ami pour faire le clown et mes lèvres pour boire tes angoisses. Que veux-tu de plus ? William, mon Prince, j'ai hâte de te voir en smoking.

Du cours d'art plastique, ce 26 mars 19**

LETTRES 125-126-127-128-129-130-131
Billets glissés sous la table
Au manoir de G...

Julien à Camille
Vos épaules me fascinent.

Camille à Julien
Tenez-vous, Vicomte.

Julien à Camille
Un seul baiser.

Camille à Julien
Et qu'aurais-je en retour ?

Julien à Camille
Une dose de poison suffisante pour faire passer l'ennui de cette soirée.

Camille à Julien
Jamais je ne m'ennuie.

Julien à Camille
Je vous attends dans le Petit Salon.

Du manoir de G..., ce 27 mars 19**

LETTRE 132
William à Camille
À Paris

Princess, c'est moi qui ne te mérite pas. J'ai écrit un poème ce matin après ton départ. J'ai essayé qu'il soit comme un morceau de musique. Je voulais qu'il te ressemble. Je suis resté dans mon lit, il y avait ton parfum tout autour de moi et ta douceur. Oh ! j'avais très mal aux cheveux. Aucun moyen de savoir comment nous sommes rentrés chez moi. Une belle gueule de bois et un vague goût de plus envie de rien sur les lèvres. Sauf de toi, de ta présence et de ta gentillesse, parce que tu t'es si bien occupée de moi. Je devais vraiment être dans un état lamentable. Merci Camille, merci de m'avoir bordé et d'avoir toujours souri. Maintenant, je sais ce qu'est l'amour. C'est ton petit corps qui me soutenait quand je ne pouvais plus mettre un pied devant l'autre. Tu es ma fée and I adore you.

De Paris, ce 28 mars 19**

Lettre 133
Julien à William
À Paris

Le dicton du jour : « Il ne faut jamais courir devant une troupe, ça l'affole », Sir Winston Churchill. Retour à Saint-Cyr donc et aux emmerdements. Une dissert à terminer avant demain matin et une motivation quasi nulle. Pas du tout la tête à ça. Je voulais juste te remercier pour cette soirée en compagnie de ta chère maman, mes compliments et tout le tintouin à ton nouveau beau-papa. Mon Chou tu étais ce qu'on appelle torpillé, mais tu m'as bien fait rigoler. Et je trouve que tu as moins mal dansé que d'habitude, comme quoi la vie est faite de surprises. Fais attention à toi tout de même.

De Saint-Cyr, ce 28 mars 19**

Lettre 134
Julien à Camille
À Paris

Une trahison. Un lapin aux yeux bleus qui vomissait ses tripes dans des toilettes de marbre rose et nous, enfin libres d'être les monstres que nous sommes. C'est ainsi que vous envisagiez la chose en souriant. Vous souriez tout le temps. Je ne pensais pas que des baisers puissent être aussi heureux que les nôtres. Une trahison, certes mais – Dieu soit loué – la culpabilité ne fait pas partie des sentiments que nous sommes en mesure d'éprouver. Vos dents, très chère, sont devenues une obsession. Quand elles ont surgi, je me suis laissé dévorer. Des tentures et des tapis persans, le rugissement de la fête au loin et notre solitude angoissée, soudaine. Une trahison à pleine bouche, affamée. Quitter tous les gentils pour se retrouver dans le molleton de ce Petit Salon, vous étreindre, Marquise, Camille, ma joie, mes canines, et sentir nos deux corps trembler. Jamais je n'ai autant voulu qu'on m'embrassât, jamais je n'aurais cru qu'un baiser trouverait sa source dans mes entrailles. Ma chérie si vous avez autant joui de cette trahison que moi, il serait criminel de ne pas m'accorder une nuit. Je vous veux nue dans mes bras.

De Saint-Cyr, ce 28 mars 19**

LETTRE 135
Jointe à la LETTRE 132
Camille à Julien
À Saint-Cyr

On ne trahit que ce qu'on aime, Vicomte. Et je n'aime pas William. La trahison est vôtre. Si rien n'a plus d'importance à vos yeux que mes molaires qui attaquent vos viscères, alors soit, ne lésinons pas. J'avoue que vous m'avez mise en appétit. Si vous me permettez de quitter votre ami, vous aurez accès à ma moustiquaire.

De Paris, ce 31 mars 19**

LETTRE 136
Marie à Camille
À Paris

Tout marche comme sur des roulettes. Je suis tellement rassurée à l'idée que nous nous retrouvions dans la même prépa (et ça c'est une bonne nouvelle). La fin de l'année ne sera qu'une formalité. Ce serait vraiment bien si Alexandra pouvait aussi intégrer F... Qu'est-ce que tu fais cet été ? Je vais retrouver Tess et sa famille à Cape Cod pour les vacances de Pâques. J'espère que ça ira avec Bruce. Plein d'échéances à tenir. Plein de dissertations, de commentaires composés, d'explications en trois parties. Les cartésiens et le casino de Pascal. Je me suis fait un nouvel ami, peut-être que ce séjour m'aura permis de comprendre les limites de mon asocia(dé)bilité. Il s'appelle Jean. Il est tout petit. Il est arrivé au lycée français en même temps que moi. On s'entend bien parce que je ris à toutes ses blagues (genre « J'ai avalé un clown ce matin »). Il danse très mal et il est si myope que s'il ne porte pas ses lunettes il se tape contre les murs. Il danse toujours sans lunettes. Il dit que ça lui donne confiance en lui de ne pas voir le regard des autres. C'est sûrement pareil pour tout le monde. Je crois que je suis amoureuse de Michael. Personne ne se doute de rien, lui le premier. La discrétion n'a pas que des avantages. Nous sommes devenus assez proches (au sens de on ne s'ignore plus quand on se croise devant le frigo). Rien de très abouti (« tu veux du jus d'orange ? » « non merci, je vais me faire un sandwich-thon-mayonnaise-ketchup, t'en veux un ? » « non merci »). Mais je ne perds pas espoir (je n'ai rien à perdre). Voilà pour les nouvelles nouvelles.

Ah j'oubliais, dans son dernier mail Tess m'avait l'air un peu déprimée. Qu'est-ce que tu en penses ? Peut-être que tu devrais t'occuper un peu d'elle.

Je t'embrasse mon amie, bonne nuit.

De New York, ce 4 avril 19**

LETTRE 137
Marie à Tess
tessbaby@hotmail.com
Objet : Yellow polka dot bikini

Hello Hello !

Tout marche pour Cape Cod. J'ai pris mes billets et je vous rejoindrai samedi 24. Je suis tellement contente, tu n'as pas idée. Quant à ton dernier mail, tout ce que je peux te dire c'est que je ne veux pas que tu t'en fasses. La vie n'est pas une histoire de notes et l'amour à dix-huit ans (même s'il fait souffrir) n'est jamais celui qu'on croit. Je parle comme mes parents (mais je pense qu'ils ont raison). Tu as un cœur d'artichaut, profites-en. Tess si tu tombes amoureuse toutes les vingt-quatre heures ça n'est pas un mal, ça veut juste dire que tu es pleine de contradictions et que tu as un potentiel d'amour hors normes. Pour pouvoir être très heureuse, il faut savoir être très malheureuse aussi. Et c'est bien mieux comme ça.

Ne fais pas trop la folle en boîte. À très, très vite... en maillot de bain. Kiss Kiss

De marie6@lycee-francais.ny.com, ce 4 avril 19**

LETTRE 138
Bruce à Marie
À New York

Oh ! encore une carte postale. J'ai choisi *Le Penseur* de Rodin juste pour t'impressionner et te faire croire que je suis un mec qui réfléchit beaucoup. Blague à part, c'était juste pour te dire que je suis très content de te voir à Cape Cod et que tu n'as aucun souci à te faire à propos de ce que tu sais. Voilà. See you then.

De Paris, ce 6 avril 19**

LETTRE 139
Julien à Camille
À Paris

Marquise je ne vous suis plus. Ne pourrions-nous pas faire les choses simplement ? Vos ordres et vos exigences m'étonnent. Que la trahison soit uniquement mienne, passe. Je ne pensais pas que la situation en serait moins claire. Je n'ai jamais exigé l'exclusivité. J'ai adoré vous embrasser, je ne pense qu'à poursuivre ce baiser. Oui je veux que vous m'accordiez une nuit, faut-il pour autant que vous délaissiez mon ami ? La vraie trahison serait que vous le quittiez pour moi. Il serait au désespoir et vous savez bien que je ne suis pas l'homme d'une seule femme. William vous aime. Je vous désire. J'ai peur de vous. J'ai lu et relu votre dernière lettre. Malgré ce qui a été dit plus haut, je crois y avoir décelé une immense perfidie. Si vous souhaitez changer de proie, je n'y vois pas d'inconvénient. En revanche si vous voulez vous servir de moi pour rompre avec mon meilleur ami, vous surpassez mes attentes. Cela donnerait de jolis trophées, sans aucun doute. Je préférerais qu'il n'en soit pas le cas. La balle est dans votre camp, cruelle Marquise. N'oubliez pas dans les raisons qui guideront vos choix que je suis la chose la plus amusante qui vous soit arrivée ces derniers temps.

De Saint-Cyr, ce 7 avril 19**

LETTRE 140
Julien à Marie
À New York

J'ai décidé de t'appeler ma douce, car la douceur de ton silence est exquise. J'espère que tu ne m'en voudras pas. Je poursuivrai donc mon soliloque. Je voulais te parler d'amour, mais je pense que nous ne sommes pas encore prêts pour cela. Je viens d'écrire une lettre à Camille. Elle et moi avons une correspondance assez soutenue, dans tous les sens du terme. Je ne sais pas si elle t'en a déjà parlé. Elle veut quitter William, j'ai tenté de l'en dissuader. C'est grâce à moi si ces deux-là sont ensemble, quoi qu'on en dise. C'est toujours difficile d'être le confident de deux personnes dont les intérêts sont opposés. Le plus souvent on compte un confident par héros, c'est la règle. C'est plus simple aussi. Tu n'es pas ma confidente parce que alors il faudrait que je sois ton héros et c'est sans espoir. Je pense à toi souvent, je t'imagine, c'est un effort de concentration très agréable. Je crois même que j'ai réussi à déformer les traits de ton visage. Si j'avais le bonheur de te croiser dans la rue, je ne te reconnaîtrais sans doute plus et ça n'est pas plus mal. J'espère que tu te portes bien, que New York n'est pas trop grande pour toi, que tu es amoureuse et que tu envisages les épreuves du bac avec sérénité. Camille m'a dit que vous alliez dans la même prépa l'année prochaine. Gageons que votre amitié sera toujours aussi belle d'ici là.

Je tombe de sommeil. Bonne nuit ma douce.

De Saint-Cyr, ce 7 avril 19**

Lettre 141
Camille à William
Casier n° 267

Mon charmant Prince, si tu savais à quel point les mathématiques m'ennuient. Plus que deux heures et nous pourrons aller nous cacher. Maman est d'accord pour que je passe la nuit chez toi et, pour demain, les négociations sont ouvertes... À très vite.

Ta petite princesse qui a hâte d'en avoir fini avec ces maudites équations à trois inconnues.

Du cours de mathématiques, ce 9 avril 19**

LETTRE 142
William à Camille
Casier n° 428

My ultraviolet love. Light of my life, fire of my loins. My whole body shivers. Je repense à notre week-end d'amants, à toi toute nue. Ça me brûle dans le bas-ventre. C'est difficile d'écrire des choses érotiques quand on les a vécues. Je t'aime, voilà, tu irradies ma vie.

Du cours d'anglais, ce 12 avril 19**

LETTRE 143
Camille à William
À Paris

Je crois que je n'ai jamais été autant en amour de toi qu'aujourd'hui. Ou alors si, peut-être, il y a fort longtemps. Nous avions improvisé un mariage au clair de lune, dans un champ. Te souviens-tu ? Il y avait des odeurs de saucisse grillée et des haleines de bière. Les parents étaient loin. Nous avions beaucoup ri. Les voyages de classe ça n'a jamais servi à apprendre des langues étrangères ou à découvrir le patrimoine historique de tel bled jumelé ou non avec le nôtre. Les voyages de classe c'est pour faire des bêtises. Quand on choisit allemand en première langue, on n'imagine pas avoir un correspondant à Sigmaringen. Puis on prend le train pour aller le voir, lui et sa famille, ils nous font des knödels pour nous souhaiter la bienvenue, on déteste ça, on a hâte de retrouver nos petits amis qui viennent du même pays que nous le lendemain. Et puis je t'ai vu toi. Je t'ai trouvé très beau. Tu avais de grandes dents et tu voulais embrasser Anastasia. Alors j'ai su que j'étais amoureuse. Je t'ai attendu un an. Un an à te croiser dans les couloirs et à te dire bonjour. Un an de sourires, juste parce que le dernier soir nous avions plus ri que d'habitude, et que dans le train de nuit qui nous ramenait à Paris, allongés sur nos couchettes, nous nous étions fixés jusqu'à ce que nos yeux se ferment. Je m'étais juré alors que Anastasia ou pas, je finirais bien par t'avoir. Et puis Julien est arrivé et tout s'est enchaîné très vite. Tu m'as aimée plus que je n'aurais pu l'espérer. Tu m'as déçue. Toi l'intouchable, celui qui m'ignorait poliment, soudain tu as voulu m'écrire des poèmes, ton corps s'est plié sur le mien en grognant de plaisir, tu m'as suppliée à genoux, tu es tombé, amoureux. William, aujourd'hui je vais te quitter : Sache que si tu souffres, mon mépris sera ta seule récompense. Très cher lapin aux yeux bleus, on ne désire que ce qu'on n'a pas. J'ai eu trop de toi. On va y mettre un terme. La vie continue. À Dieu.

De Paris, ce 12 avril 19**

Lettre 144
William à Julien
À Saint-Cyr

Camille me quitte. Camille m'a quitté par la poste. Sa lettre est datée de lundi. Je l'ai reçue ce matin avant d'aller en cours. Je suis perdu. On avait passé un week-end de folie. Je n'ai pas été à l'école, j'ai appelé mon père pour avancer mon départ pour Londres. Je t'écris de l'aéroport, mon avion décolle dans dix minutes. Impossible de comprendre. Cette pute a été adorable tout lundi et tout mardi alors qu'elle savait déjà. Ça n'a pas pu la prendre comme ça d'un coup, il doit y avoir une raison. Je veux juste me barrer. Peut-être qu'elle a un autre mec. Peut-être qu'elle savait déjà que ce week-end serait le dernier. Sa lettre est incompréhensible, elle me parle de Sigmaringen et d'Anastasia. Comme si ça avait été un défi de sortir avec moi. Cette fille est folle. Je suis sonné. Essaie de m'aider. Appelle-la, demande-lui, je n'ai plus la force de rien. Tout était parfait. Tout est parti en quatre lignes. Je pars. Je t'embrasse mon ami.

De Orly, ce 14 avril 19**

LETTRE 145
Camille à Marie
À New York

Ne t'inquiète pas pour Tess, elle flippe pour le bac, c'est tout. Ne t'inquiète pas pour moi non plus, j'ai quitté William. Comme ça, juste parce que j'en avais marre de sa tendresse. Sans autre forme de procès. Il n'est pas venu en cours aujourd'hui. C'est mieux comme ça, au moins je n'aurai pas à subir ses larmes. Tu dois sûrement me trouver insensible, mais on souffre déjà assez soi-même, il serait déraisonnable de souffrir pour quelqu'un d'autre. Je suis jalouse que tu ailles retrouver Tess à Cape Cod. Ou plutôt je suis jalouse de Tess. Quelle chance elle a de passer quinze jours avec toi. Tu me manques énormément. Il n'y a personne ici avec qui je puisse véritablement parler. Esther et Alexandra sont loin et elles se suffisent à elles-mêmes. Cette année est interminable. Pour les vacances de Pâques, nous partons pour Bali. Il va faire très beau, je contracterai plein de nouvelles allergies et je reviendrai rouge écrevisse : les vacances comme je les aime. Ma sœur voudra que je joue avec elle sur la plage, je refuserai parce que j'aurai des livres à lire et que j'ai passé l'âge de faire des châteaux de sable. J'ai peur que tu reviennes et que tu sois devenue une différente personne. J'ai toujours peur de perdre pied. Cette lettre t'arrivera sûrement pour ton anniversaire. Cette fois-ci, ce sera difficile de te faire une fête surprise. En plus, je suis nulle pour les surprises. Mon amie chérie, je te souhaite tout le bonheur du monde pour l'année qui arrive et surtout pour toutes celles qui suivront. Amuse-toi bien au pays des langoustes, passe ton bac et reviens vite. J'en ai marre que tu ne sois jamais là.

De Paris, ce 14 avril 19**

LETTRE 146
Jointe à la LETTRE 143
Camille à Julien
À Saint-Cyr

Prenez donc garde, Vicomte, et ménagez davantage mon extrême timidité, car je ne vous suis plus non plus. De quelle « immense perfidie » parlez-vous ? Vous pensiez sincèrement que je dévoilerais à William les ficelles de notre jeu ? C'est bien mal me connaître. Vous voulez faire les choses simplement ? À la bonne heure : ci-joint un brouillon de trophée qui vous garantit ma bonne foi. Certes j'ai « délaissé » votre ami. Je croyais pourtant vous avoir déjà dit que sa tendresse m'épuisait, n'allez pas y voir une relation de cause à effet avec trois baisers échangés le soir d'un mariage voué à l'échec. Je vous trouve bien présomptueux. Vous dites n'avoir « jamais exigé l'exclusivité » ? Sachez que je ne vous l'aurais pas accordée. Et de grâce, cessez d'user d'hyperboles lorsqu'il s'agit de parler de votre petite personne. Vous n'êtes pas « la chose la plus amusante qui me soit arrivée ces derniers temps », Dieu m'en garde.

Tout ce que je peux donc répondre à votre menaçante lettre, c'est qu'elle n'a eu ni le don de me plaire, ni le pouvoir de m'intimider. William n'est-il pas au désespoir ? Oh, je brûle de vous entendre, car voilà deux jours qu'il ne s'est pas présenté en cours, et je suis sûre que vous seul détenez la version in extenso des lamentations de son jeune cœur. Aussi pour le moment, je suis on ne peut moins disposée à accéder à vos demandes mais, étant donné que vous n'êtes pas « l'homme d'une seule femme », je ne me fais pas trop de souci de ce côté-là.

Adieu, Vicomte, recouvrez vos esprits, et trouvez-moi une autre proie. Quelque chose d'un peu plus ardu, si possible. La balle est dans votre camp. N'oubliez pas, dans les raisons qui guideront vos choix, que je suis toujours prête à rappeler William pour lui expliquer à quel point vous êtes un ami peu fiable.

De Paris, ce 15 avril 19**

Lettre 147
Jointe à la Lettre 144
Julien à Camille
À Paris

Je réponds sur-le-champ à votre lettre, et je tâcherai d'être clair ; ce qui n'est pas facile avec vous, quand une fois vous avez pris le parti de ne pas entendre. Vous étiez lasse de William, vous l'avez quitté. Je vous remercie pour le trophée qui est aussi long qu'il est méchant – la fin seule le sauve en toute honnêteté, mais vous savez bien que je vous pardonne toujours tout. William est parti pour Londres, désespéré, rejoindre son paternel. Ci-joint la lettre qui témoigne de son désarroi. Je ne l'ai pas eu au téléphone depuis. Vos baisers me manquent. Car nous nous sommes embrassés. Je suis ravi que cela vous ait amusée. Aujourd'hui vous refusez que je lèche vos seins et que je fasse glisser mon front le long de votre dos, qu'à cela ne tienne. Chère Marquise notre Livre nous demande d'attendre, j'attendrai. Je vais vous trouver une proie aussi vite que faire se pourra et nous reparlerons de ces bêtises l'heure venue. Cessez de me quereller et je ne serai plus « présomptueux », je le jure, car c'est vous seule qui me poussez à de pareilles extrémités. Je vous aime Marquise. Pardonnez-moi mes offenses et je reviendrai à la raison.

De Saint-Cyr, ce 17 avril 19**

Lettre 148
Julien à Marie
À New York

J'ai toujours plein de choses à te dire, plein de phrases toutes faites que je marmonne dans les couloirs de ma terrible prison et que je peaufine pour te les livrer parfaites. Mais lorsque enfin je me décide à empoigner mon stylo, tout s'envole, tout s'assèche. Je ne pense pas que ce soit de l'intimidation, car je ne crains même pas de te décevoir ma douce. Plus simplement on écrit toujours mieux dans sa tête qu'une plume à la main. Ma vie à Saint-Cyr est de plus en plus pénible. J'ai été élu tête de Turc de la promo. Il faut dire que je ne manque pas une occasion de me faire punir. Tout d'abord à cause d'Émilie. C'est ma petite amie, je ne t'ai pas encore parlé d'elle. Elle est pensionnaire à Saint-Cyr comme moi, en classe de terminale comme toi. Elle est blonde et fraîche, je la rejoins la nuit et je me fais choper une fois sur quatre – au retour uniquement et fort heureusement entre nous soit dit – ce qui me vaut le privilège d'être privé de sortie le week-end. On m'a dit que cela risquait de compromettre mon passage en deuxième année, mais je compte sur mes notes pour combler mes écarts de discipline. Camille me trouve « présomptueux », prétentieux me suffirait. Ils ont raison, je ne suis pas fait pour l'obéissance. Et pourtant je suis à la recherche de l'autorité qui pourra me mater. La vie est faite de paradoxes. Camille dit que je devrais faire Sciences-Po, que mes ambitions politiques pourraient y trouver leur compte. Je crois qu'on ne se refait pas. Je vis avec mon temps, celui que je me suis choisi.

Te rends-tu compte à quel point il est difficile de parler de soi à une muette en étant le plus sincère possible tout en espérant qu'elle ne lâche pas la lettre en cours de route ? Un calvaire ma douce. Tous les jours j'attends que tu rompes notre pacte et que tu m'envoies des insultes. Mais rien. Une fois de plus, je n'ai pas dû trouver les mots justes pour te séduire. Je m'acharnerai donc. À très bientôt ma très froide, ma très belle Marie.

De Saint-Cyr, ce 17 avril 19**

Lettre 149
Camille à Nini
À Cannes

Ninotchka, je suis vraiment désolée de savoir que tu as encore été internée. Maman a été prévenue juste avant que nous ne prenions l'avion. J'espère qu'ils ne vont pas encore tout te dérégler avec leurs médicaments pour les animaux de la ferme. Je déteste te savoir là-bas. Je suis sûre que tu l'as fait exprès en plus. Ceci n'est pas une lettre de reproche, tout le monde te pardonne toujours tout et moi la première, mais il ne faut pas que tu fasses la folle. Sors de cette clinique le plus vite possible, chaque fois tu prends des mois pour t'en remettre. Maman dit qu'il te faudrait une infirmière à domicile, ou au moins quelqu'un qui s'occuperait de toi dans la journée. Qu'en pensestu ? Je t'appellerai dès notre retour, en attendant tiens-toi tranquille, et essaie de ne pas insulter tout le personnel. Je t'aime, ma Nini.

De Bali, ce 26 avril 19**

LETTRE 150
De Tess et Marie à Camille
À Paris

Salut petite chérie !

Ceci est une lettre à quatre mains. On espère que tu vas bien et que tu passes des super-vacances sous le soleil d'Indonésie. Ici il fait un temps magnifique. On joue au ping-pong toute la journée.

(Et aussi au badminton : Tess est nulle.)

Ça n'est pas vrai, je ne suis pas nulle et en plus je n'ai pas pris ce sport de poule volante au bac, moi.

Bref, juste une petite lettre pour te dire qu'on pense à toi, que tu nous manques et que les Cape-codiens sont super-moches. On t'embrasse.

(Je t'embrasse mon amie, dis-moi si tu as réussi à aller jusqu'au bout de *La Nouvelle Héloïse*, je trouve ça mortellement ennuyeux. Fais bien attention à toi, je rentre à New York le 9, appelle-moi.)

De Cape Cod, ce 5 mai 19**

Lettre 151
William à Camille
À Paris

The more I think, the less I understand. Y a-t-il quelque chose à comprendre ? Je n'en suis même plus sûr. J'ai pleuré hier soir. Je crois que c'était de tristesse. Je me suis dit que je t'avais perdue, alors j'ai relu ta lettre et j'ai compris que je ne t'avais jamais eue. La langue française est bien faite, c'est moi qui ai été eu. Je ne reviendrai pas en rampant à tes pieds. Je te trouve détestable sans arriver à te mépriser. Je suis déçu. Je suis très fatigué. J'ai hâte de ne pas te revoir. You are no Princess. Tu es une voleuse. I miss you immensely. But it is not You I miss, it is this beautiful idea of love que tu m'avais vendue comme une marchande de tapis et que j'avais fini par acheter. I miss the times you made a fool out of me.

De Londres, ce 6 mai 19**

Lettre 152
Camille à Marie
À New York

J'adore Bali, immanquablement. Chaque fois que je sors de l'avion et que cette chaleur m'enveloppe, je me sens chez moi. Les gens disent qu'il fait lourd, que l'eau de la piscine est trop chaude, que c'est intenable, moi je nage dans le bonheur. L'air est tellement humide qu'on pourrait littéralement le brasser. J'ai pris un coup de soleil sous les pieds : je bronzais allongée sur le ventre, les voûtes plantaires tournées vers le ciel... Les feuilles des arbres sont démesurées, il y a la mer turquoise et de l'autre côté de la route, des rizières à perte de vue. C'est de la magie, mon amie. Je passe mon temps à dormir, j'avance péniblement dans la lecture de *La Nouvelle Héloïse* ; moi qui adore les romans épistolaires, je suis très déçue. Il faudrait que je me mette sérieusement à faire des fiches pour le bac, mais ici la vie est trop belle pour les plans en trois parties.

J'espère que tu t'amuses bien à Cape Cod et que tu n'es pas ressortie avec Bruce. Je gérerais mal la crise avec Tess, si tu vois ce que je veux dire.

Ce soir, on va manger des homards sur la plage : tu les choisis vivants dans des bacs de polystyrène, ils les pèsent, ils les font griller et ils les arrosent de citron vert. Quand les bêtes arrivent sur la table, on a l'impression que leur chair a éclaté. Tout le monde s'en met plein les mains, c'est un dîner de barbares. Je pourrais vivre ici.

Je t'embrasse, petite bergère. Appelle-moi quand tu seras rentrée.

De Bali, ce 7 mai 19**

Lettre 153
Camille à Julien
À Saint-Cyr

Bien sûr que je vous pardonne, mon ami, et je promets que vous lécherez mes seins le moment venu. Me voilà donc devenue plus que conciliante. Mais si vous saviez à quel point cette île est merveilleuse, elle donne envie de croire au bonheur. Un peu comme la Corse, mais sans les Corses, et je sais de quoi je parle. Ce qui ne me pousse pas moins à accepter votre invitation, si elle tient toujours. J'aime les îles et serais ravie de passer des vacances sous les figuiers dont vous m'avez tant parlé. Loin de Saint-Cyr et de toute forme de temps chronométré. Être avec vous, Vicomte, et connaître votre famille, si folle soit-elle. Avec un peu de chance, j'aurai eu mon bac sans avoir à passer les épreuves de rattrapage et vous serez admis à Sciences-Po ; laissez tomber les militaires, combien de fois faudra-t-il que je vous le répète ?

Cette année scolaire n'en finit pas. Je voudrais que le temps passe très vite et ne jamais grandir. Avoir éternellement dix-sept ans, danser sur *Dancing Queen*, hurler « only seventeen » toute ma vie en pensant que Abba a écrit cette chanson pour moi. Si vous saviez comme j'ai peur de perdre ma jeunesse. Tous mes moments de bonheur sont gâchés à l'idée qu'ils seront source de nostalgie le lendemain. Julien, aimez-moi, soyez mon bon ami, tenez-moi la main et aidez-moi à profiter du moment présent ; je vous en serai éternellement reconnaissante.

De Bali, ce 7 mai 19**

[illegible]

[illegible]

[illegible]

SECONDE PARTIE

La plus grande chute est celle qu'on fait
du haut de l'innocence.

Heiner Müller, *Quartett.*

Lettre 154
Camille à la mère de Julien
À Sartène

Très chère Michèle,

Si le soleil de Corse me manque aujourd'hui, ça n'est pas parce qu'il m'a moins meurtrie que les autres, c'est parce que désormais il sera toujours associé à votre merveilleuse maison et à ses figuiers. Je tenais à vous remercier pour ces vacances de joie et de fête. Vous êtes non seulement une cuisinière hors pair (oh ! ces lasagnes...), mais surtout une mère aimante qui a toléré toutes les incartades des adolescents que nous sommes. J'ai passé des moments inoubliables. J'ai perdu à la pétanque, j'ai perdu au rami, j'ai gagné en souvenirs pour le reste de ma vie.

Mille mercis. Mes amitiés à toute votre famille. Avec toute mon affection,

De Cannes, ce 29 juillet 19**

Lettre 155
Marie à la mère de Julien
À Sartène

Très chère Madame,

Le ciel de Normandie est beaucoup moins clément que celui de Corse. Il me la fait d'autant plus regretter que je suis ici en rase campagne et que le bleu de la mer n'est plus qu'un lointain souvenir.

Merci pour ces merveilleuses vacances et pour votre hospitalité. Merci pour ces interminables parties de pétanque (et pour votre patience infinie lorsque vous faisiez équipe avec moi).

Votre maison est un petit paradis et vous nous y avez accueillies, Camille et moi, comme si nous faisions partie de votre famille. Des vacances de rêve en un mot.

J'espère que nous aurons l'occasion de nous revoir à Paris.

Transmettez à votre mari mes meilleurs sentiments.
Bien à vous,

De Le Bec-Hellouin, ce 4 août 19**

Lettre 156
Julien à Camille
À Cannes

Une lettre de château où vous ne mentionnez pas mon nom, aucune nouvelle depuis. Me boudez-vous Marquise ?

De Sartène, ce 12 août 19**

Lettre 157
Camille à Julien
À Sartène

Je ne vous boude point, Vicomte de mon cœur. Je vous hais.

Ne faites point l'innocent, Cherubino. Tout est fini entre nous.

De Cannes, ce 14 août 19**

Lettre 158
Julien à Camille
À Cannes

Dites-moi donc, ma belle amie, d'où vient ce ton d'aigreur qui règne dans votre dernière lettre ? Vous ne répondez pas au téléphone, soit. Il faudra donc régler ce petit différend par écrit. Et ce ne sera pas facile. Quel est donc ce crime que j'ai commis – apparemment sans m'en douter – et qui vous donne tant d'humeur ? À en croire la lettre que vous avez envoyée à mes parents, vous avez passé de merveilleuses vacances. À en croire votre silence puis vos insultes, vous m'en voulez à mort. Pourquoi n'avoir rien dit quand il était encore temps ? Votre orgueil vous perdra ma chère. Que me reprochez-vous au fond ? Une broutille, un amour d'été, je refuse que vous m'en vouliez pour si peu. Je vous croyais plus forte ma chérie. Non, je préfère croire que votre haine n'est qu'un jeu comme tout le reste. Et dans ce cas-là avouez que j'ai gagné la partie.

Écrivez-moi par pitié, maintenant que vous vous êtes donnée à moi je ne peux pas croire que vous m'abandonniez.

De Sartène, ce 18 août 19**

LETTRE 159
Marie à Camille
À Paris

Je n'ai pas de nouvelles de toi. J'espère que tes vacances à Cannes se sont bien passées. Quant aux miennes, un mois d'août en Normandie n'est pas un vrai mois d'août (même les taupes refusent de mettre le museau dehors). La pluie a ses avantages, j'ai presque terminé notre liste de lecture et j'ai eu le temps de réfléchir. De penser à nous. Si j'ai commis une erreur, je te demande pardon. Tu étais si silencieuse dans l'avion du retour. J'ai attendu une de tes enveloppes bleues. Ça ne te ressemble pas de te taire. C'est moi qui boude dans le couple et toi qui fais la mouche pour m'en empêcher d'ordinaire. Camille il faut que tu me dises. Je ferai ce que tu voudras, je ne le reverrai jamais si c'est ça que tu veux. Tout cela est ridicule. Rien n'est plus important que notre amitié. Dans moins d'une semaine nous serons à nouveau assises en cours côte à côte (tu pourras manger mes Bic et mes bouchons d'effaceur). Nous avons toutes les deux attendu ce moment-là pendant trop longtemps, ne gâche pas tout. Si c'est moi qui n'ai rien compris, explique-moi. Rien n'est irréparable entre nous. Je t'aime. À très vite mon amie.

De Le Bec-Hellouin, ce 26 août 19**

LETTRE 160
Camille à Julien
À Sartène

Une broutille ? Un amour d'été ? Oh, vous voulez que je vous écrive ? Que je vous dévoile le fond de ma pensée ? Vicomte, mon cœur hurle, comment avez-vous osé ? Je vous aurais tout pardonné, mais pas Marie, pas Elle. Mon amie n'était pas une partie, elle n'était pas le gros lot, elle était celle que j'aimais. Vos mains de barbare sur elle, vos mains de soie sur moi. Je place votre intelligence trop haut dans mon estime pour ne pas vous accuser de haute trahison. Tu n'avais pas le droit. Oui, vous avez gagné... une ennemie. Jamais je ne vous le pardonnerai. Jamais, m'entendez-vous ? Je le jure par tous les liens qui nous unissent. Et je rangerai ma haine de côté si c'est pour mieux me venger. Vous vouliez que je vous écrive ; vous voilà prévenu.

Votre servante, Vicomte.

De Paris, ce 28 août 19**

LETTRE 161
Camille à Nini
À Cannes

Oh merci, merci ! C'est le plus beau cadeau qu'on m'ait jamais fait. Bac ou non. Maman l'a installé en face de mon lit et on ne voit que lui. Si avec un bureau pareil je n'intègre pas Normale sup, alors c'est à n'y rien comprendre. Nini, c'est une vraie merveilleuse surprise. Ça me rappelle mon enfance : je pouvais à peine te voir derrière tes piles de dossiers, et je n'avais pas le droit de te déranger parce que tu travaillais. Je penserai à toi à chaque dissertation que j'écrirai. Merci. Tu sais toujours ce qui me fait plaisir. Le bureau de ton grand-père. Je sais à quel point tu y tenais. Je promets d'en prendre grand soin et de l'emmener partout avec moi, même s'il est vraiment massif.

J'étais heureuse de te voir à Cannes. Cette fois-ci, je n'ai pas oublié mes hibiscus. Le vase trône sur ma nouvelle écritoire. Me voilà parée pour entrer en hypokhâgne. Je t'embrasse, ma Ninotchka, merci, merci pour tout ce que tu fais pour moi.

De Paris, ce 28 août 19**

LETTRE 162
Camille à Marie
À Paris

Mon silence a ses raisons. Tu l'as écrit toi-même, rien n'est plus important que notre amitié. C'est cet amour, ce partage de toujours que mon silence sauvera, a sauvé. Marie, ma bergère, ma sœur de cœur, je t'aime. Et j'ai eu peur que mon orgueil ne te perde. Tout cela doit te paraître bien confus. Il faudrait pourtant s'astreindre à y mettre des formes. Mais je ne sais pas quoi t'écrire, si ce n'est que ta lettre m'a énormément touchée. Si tu savais comme j'ai peur et hâte de te revoir. Il y a des choses qui ne changeront jamais, tu es ma meilleure amie, c'est dit. J'ai toujours été très autoritaire et très possessive, en amour comme en amitié. C'est un défaut terrible. Je n'ai pas l'intention de m'en séparer. Marie, j'ai vécu en enfer en Corse. Ça n'est pas ta faute. Je n'aurais jamais dû t'emmener avec moi. J'aurais pu prévoir que Julien te séduirait, et tout ce qui s'ensuivrait. Mais j'étais trop sûre de moi ; comme toujours j'ai péché par orgueil. Et ça n'est pas tant que vous vous soyez embrassés et fait du pied sous la table, même si je ne t'aurais pas crue capable d'une chose pareille. Oui, Marie, mon innocente, rien que de repenser à cette scène me fait souffrir mille morts. Je vous ai regardés main dans la main marcher sous le soleil, et toutes les nuits j'allais le rejoindre. Ivre de jalousie, je faisais l'amour avec ce garçon pervers. Il posait sa tête dans le cou d'un ange le jour et mordait dans celui d'un démon au crépuscule. Il se croyait invincible et pensait que notre amitié ne lui résisterait pas. Il avait tort. Je crois. Car si ce que tu me dis dans ta lettre est vrai, alors tu me pardonneras de t'avoir emmenée dans ce traquenard ; et moi je te pardonnerai de ne pas avoir été aussi forte que je me l'étais imaginé. Il n'y a rien d'autre à expliquer. J'ai été si effrayée par les sentiments qui se sont emparés de moi dernièrement, que je te supplie de ne plus m'en parler. Mon silence était lâche, peut-être l'est-il encore plus aujourd'hui, mais je ne pense pas. Nous nous connaissons assez, toi et moi, pour n'avoir pas besoin de répéter les choses. Marie, ne le revois plus, et alors tout sera comme avant. Je veux être honnête avec toi, je ne crois pas que je supporterais que vous continuiez à sortir ensemble. Je ne te demande pas de m'obéir, juste de me comprendre. Mais si tu l'aimes plus que moi, alors je te demande de me pardonner. Ou plutôt, non : pardonne-moi quoi qu'il en soit.

De Paris, ce 28 août 19**

Lettre 163
Julien à Camille
À Paris

Votre emprise sur les gens est bien grande, divine Marquise. Ainsi vous lui avez interdit de me revoir. Si vous aviez entendu sa détermination au téléphone, vous auriez été fière de votre pupille. Je comprends, nous jouons très serré ici et c'est de bonne guerre que je viens déposer les armes à vos pieds. Elle est à vous. Même si elle ne le sera plus jamais véritablement. Votre citadelle imprenable, votre ange de pureté a cédé. Car laissez-moi vous dire qu'elle savait pour nous. Pas tout, bien entendu, mais vous-même lui aviez raconté les quelques baisers que nous avions eu le temps de nous voler mutuellement ces derniers mois. Elle savait, l'oie blanche, que notre relation était plus qu'ambiguë. Pourquoi vous obstinez-vous à innocenter une jeune fille qui embrassait le frère d'une de ses meilleures amies derrière son dos ? Elle voulait de moi autant que je la voulais. Je n'ai violé personne en Corse. Certes c'est moi qui vous ai proposé de me l'emmener. Certes j'avais préparé le terrain en continuant à lui écrire et ce je l'avoue – grands dieux ! je m'en accuse même – après votre très formelle et très agressive interdiction. J'avais eu le temps de tisser des liens dirons-nous. Mais peut-être vous avait-elle tenue en dehors de notre petit secret ? Les femmes sont cachottières que voulez-vous ?

Votre corps Camille, j'en frissonne encore. Rongée par la jalousie vous avez couru dans mon lit pour vous assurer de votre empire. Après tous ces refus, j'avoue que je n'espérais plus. Si vous saviez à quel point vous m'avez rendu heureux. Car nous sommes faits pour faire l'amour ensemble Marquise de mes tripes. Vous ne pouvez nier cela. Dites que je suis un monstre, dites que j'ai dépassé les bornes, que je vous ai caché une correspondance – même si elle était à sens unique –, mais avouez que lorsque vous gémissiez dans mes bras ça n'était pas de rage. Le plaisir mon amie, n'oubliez jamais le plaisir auquel nous avons tous deux juré de tout sacrifier. Je vous ai donné William et l'on sait ce qu'il est devenu*; vous avez perdu Marie, nous sommes quittes.

De Paris, ce 30 août 19**

---

* *On n'a retrouvé aucune lettre du jeune William Forsworth relatant des suites de ses aventures.*

Note de l'Éditeur.

Lettre 164
Camille à Julien
À Paris

Se faire du mal. C'est toujours possible. Vous souvenez-vous de la lettre de la Marquise de Merteuil au Vicomte de Valmont où elle lui explique les tenants et les aboutissants de sa personnalité ? « Entrée dans le monde dans le temps où, fille encore, j'étais vouée par état au silence et à l'inaction, j'ai su en profiter pour observer et réfléchir. » Cette lettre est la plus belle preuve d'amitié qui soit. Elle lui tend une arme qu'il pourra à tout moment retourner contre elle.

Ma lettre, Julien, la voici :

Entrée dans une école, dont je quitterai les bancs treize ans plus tard, je me suis fait une réputation dont je n'allais jamais pouvoir me débarrasser. Celle d'une petite fayote au premier rang, qui portait des robes à smocks assorties à ses bonnes notes. Celle d'une enfant petite et squelettique, pas décemment sortable. À l'âge où toute la classe danse le samedi soir, je restais à la maison, un Balzac à la main. Et lorsque, finalement, prise de pitié, une camarade me tendait négligemment un carton d'invitation à l'une de ses fameuses boums, et que pleine d'espoir je demandais à ma mère de me coudre une robe pour l'occasion, je réalisais, une fois sur place, que je n'étais bonne qu'à regarder les autres s'amuser. Je ne vous demande pas de me plaindre, je ne suis pas une victime. Je ne l'ai jamais été. Rien ne m'inspire plus de dégoût que les gens qui pensent que le monde entier est contre eux. Mais imaginez-vous seulement un de ces jeux de fin de soirée, « Action ou Vérité » pour ne pas le nommer, où le gage le plus monstrueux, la punition finale consiste à embrasser Camille de Peretti. Oui, les enfants sont cruels, les adolescents, avec leur complexe du homard qui leur pousse dans le bas du dos, encore plus. Face aux sarcasmes du groupe, j'ai mordu mes mains en silence. Je souriais. J'ai toujours souri à l'autorité. Et je me suis juré de me venger. Je n'étais pas pressée, j'ai su « en profiter pour observer et réfléchir », c'est cela, précisément. Le monde réel était hostile ? J'étudiais la vie dans les romans. J'y découvrais l'amour, et je me doutais bien que c'était par là que viendrait la victoire. Il suffisait d'apprendre à « l'inspirer et le feindre ». Et vous êtes venu. J'avais grandi, j'étais presque devenue une femme. Vous êtes le premier homme à m'avoir trouvée belle. Vous n'aviez que faire de ma réputation d'alors, la vôtre étant, elle aussi, détestable. Un partenaire de crime. Le témoin dont j'avais toujours rêvé. Vous m'avez amené des victimes sur des plateaux d'argent. Je vous en suis infiniment reconnaissante. Après toutes ces humiliations, mon corps s'était enfin décidé à prendre les quelques centimètres qui lui manquaient, et j'ai pu porter le masque du personnage que j'avais toujours voulu être : une dévoreuse implacable.

Devant vous, Julien, se tient une jeune femme qui hait les Hommes – n'oubliez pas que vous en faites partie – et qui s'est promis de leur faire payer leur insolence d'être nés tels quels. Devant vous, Vicomte, se tient une femme qui voulait aimer une femme.

Marie était ma dernière faiblesse ; je vous remercie de l'avoir arrachée de mon cœur avec vos ongles crochus. Je vous remercie de m'avoir montré la vérité en face. Le monde est absolument aussi laid que prévu et, pour une fois, il n'y aura pas d'exception à la règle. Marie dans vos bras. Ma Marie, quelle horreur !

Vous souvenez-vous, Vicomte, du jour où vous avez appris que le Père Noël n'existait pas ? Cette première chute de l'enfance. L'entrée du concret et du rationnel pour pourfendre le merveilleux que l'on avait vu de ses yeux, vu. Pour moi, c'était en classe de CP. À l'époque nous n'avions pas de cheminée, mais XXe siècle oblige, je m'étais faite à l'idée que le vieil homme passait par les canalisations. La porteuse de la bonne nouvelle était aussi joyeuse qu'aujourd'hui vous êtes ironique. « Mais non, il existe pas le Père Noël, c'est tes parents. »

Marie était le deuxième miracle de ma vie, vierge et pure. Vous me l'avez saccagée. Vous l'avez mêlée à mes haines d'enfant, à notre jeu odieux. Aussi, Vicomte, ne me demandez pas un pardon dans l'heure. Elle ne vous verra plus, certes. Piètre consolation, maintenant que le mal est fait.

Si je me suis couchée dans votre lit c'était par désespoir, vous le savez aussi bien que moi. Et si j'ai joui, c'était pour affronter mes illusions perdues. Oui, nous sommes « faits pour faire l'amour ensemble », mais en avez-vous jamais douté ? Il est fort dommage, mon ami, que vous ayez voulu le prouver en jouant avec la seule chose sérieuse de ma vie.

Se faire du mal. C'est possible. Et je suis résolue à vous en faire. En quatre mots, voilà notre Roman. Adieu.

De Paris, ce 1er septembre 19**

LETTRE 165
Nini à Camille
À Paris

Je suis contente pour le bureau. Tu travailleras bien tu as toujours été une bonne élève. Mais quand tu auras terminé tes études je voudrais que tu me le rendes. C'est pour l'héritage de ma fille. C'est elle qui veut parce que je ne suis pas vraiment ta grand-mère de sang tu comprends. Et si [illisible] pourquoi pas. Tu dis toujours que j'achète les gens. C'est faux c'est parce que je suis malade. Rose est venue me voir elle s'occupe bien de mes chiens. Je m'ennuie. Les cigarettes coûtent trop cher dis à ta mère qu'elle m'envoie une cartouche par la poste. Je garde tous les timbres. Je t'aime. Je suis [illisible] ta Nini.

De Cannes, ce 1er septembre 19**

LETTRE 166
Julien à Camille
À Paris

Marquise je n'ai que faire de vos complexes de petite fille mal aimée. Que vous en vouliez à la terre entière, passe encore. Que vous ayez mis ma tête à prix, voilà qui est plus intéressant. Nous voici face à face. Qu'adviendra-t-il de nous ? Laissez-moi faire une supposition. Admis en première année à Sciences-Po, je suis donc de retour dans la capitale. Vous êtes en hypokhâgne au lycée F... et vous allez avoir besoin de vous distraire. Ça n'est pas en prépa que vous allez vous faire des amis pour aller aux Planches. Marie n'aime pas les boîtes de nuit, Alexandra non plus... du moins pas autant que vous. Tess est partie pour Berkeley, Esther est partie pour New York, Chloé, Daphnée et les autres vous ennuient. Vengez-vous de mon terrible affront s'il vous plaît, mais ne vous éloignez pas. Je vous aime Camille.

Nous avons besoin l'un de l'autre mon amie, c'est une évidence, une fatalité. Je vous trouverai une proie : un élève en deuxième année à Sciences-Po, cela vous irait-il ? Vous m'en choisirez une – pour une fois – et nous rigolerons bien. Camille ne dites pas non, où est la Présidente de Tourvel ? On ne lâche pas un livre en cours de route. Nous n'en sommes qu'au début de nos aventures, l'année qui vient sera pleine de travail, de lectures, de colles et d'échéances à tenir, mais elle sera avant tout la nôtre, mon Amour. Maintenant que nous avons fait nos armes, passons aux choses sérieuses, Laclos nous attend au tournant.

Si vous ne m'êtes pas fidèle, soyez-le au moins à la littérature. Je compte sur vous. Adieu ma chère Belle, mettez votre haine de côté, nous avons encore de grandes choses à accomplir.

De Paris, ce 3 septembre 19**

LETTRE 167
Stanislas à Camille
À Paris

Tu sais assez, chère Camille, que j'ai toujours tout aimé en toi, même tes caprices. Changeante et versatile, pour une fois que tu as pris une décision irrévocable, je ne devrais que t'applaudir. Ainsi, nous ne nous verrons plus jamais. Tu le veux, je n'y crois pas. L'avenir seul en décidera. J'ai tort au présent. J'ai attendu une carte postale de toi tout l'été. Fou que je suis. Je voyais déjà ton écriture hachée s'enquérir de mon état. Pourquoi m'obstiner à t'écrire aujourd'hui ? Je ne sais pas. Pour t'entretenir de mon ancien dévouement, du désespoir de la séparation, des longues douleurs de l'absence, de l'amertume des premiers soupçons, du triste abattement où m'a réduit enfin la conviction d'un entier oubli ? Toi que j'ai maudite et détestée, toi qui soupires en ce moment même « ce pauvre Stanislas ». Soyons sérieux, tu l'as dit toi-même, « on ne rencontre pas l'amour de sa vie à dix-sept ans ». Et pourtant Camille, et pourtant.

De Paris, ce 3 septembre 19**

LETTRE 168
Camille à Julien
À Paris

Un jour, Stanislas m'a raconté l'histoire d'un jeune homme qui était tombé amoureux fou d'une princesse. Malheureusement, ce dernier était bien trop pauvre pour s'attirer d'elle autre chose que de la sympathie. Désespéré, il lui proposa un marché qu'elle accepta. Pendant cent nuits, il viendrait sous ses fenêtres attendre son amour. S'il ne faillait pas une seule nuit alors, la cent et unième, elle serait à lui. Le premier soir, le jeune homme se posta en face des persiennes royales ainsi qu'il l'avait annoncé. La princesse jeta un regard dans sa direction et partit se coucher. Le pauvre bougre resta planté là une deuxième nuit, une troisième, une dixième... L'automne et la pluie arrivèrent, le jeune homme gardait toujours les yeux rivés sur les volets clos. Même lorsqu'il grelottait de froid sous la neige, sa volonté ne faiblissait pas. Cinquante nuits, soixante-dix, à espérer un signe de la cruelle princesse qui dormait bien au chaud dans ses draps de soie. Malgré cette indifférence notoire, notre jeune homme sentait son amour grandir de jour en jour. Il tenait bon, nous étions arrivés à la centième nuit. Comme de coutume, la princesse souleva les rideaux et regarda en direction de l'amoureux transi, elle ne parut pas se troubler plus que d'habitude. Vint alors la cent et unième nuit. Cette fois-ci, elle ouvrit grand sa fenêtre. La lune resplendissait et donnait aux arbres du parc désert des reflets d'argent. Le jeune homme n'était pas venu.

Que ma précédente lettre vous apparaisse comme une peccadille m'importe peu. C'est toujours un bonheur de faire tomber les masques et de se rendre compte que les gens nous préfèrent déguisé. Quoi qu'il en soit, vous ne pourrez pas dire que vous n'avez pas été prévenu. Oui, Vicomte, vous m'avez bien attrapée, et je ne peux que m'incliner devant ce que vous nommez une fatalité : nous avons besoin l'un de l'autre. Notre Liaison deviendra véritablement Dangereuse, et nous finirons par nous détruire. C'est vous qui l'aurez voulu. Je vous hais trop pour ne pas avouer que je vous aime.

Je me suis aperçue que j'avais oublié de vous

remercier pour ces deux semaines d'horreur passées en Corse. Moi qui ne vis que pour les émotions violentes, vous m'avez fait découvrir les affres de la jalousie. Le mot est lâché. Je ne voudrais surtout pas que vous vous mépreniez, même si je crois avoir été assez claire. Je n'étais pas jalouse d'elle, mais de vous. Qu'est-ce que le plaisir face à l'amour véritable ? Grâce à vous, mon incroyable amant, je sais que c'est elle que j'aurais voulu tenir par la main, elle que j'aurais voulu caresser, elle à qui je voulais faire l'amour. Mais elle vous a préféré à moi. Cela me paraît si évident, si logique et si absurde pourtant. Parce que moi, j'aurais su l'aimer mieux que personne. Vous l'avez embrassée, et moi je n'aurais pas su comment faire. Je n'aurais pas osé. Prendre celle qu'on aime dans ses bras, c'est toujours la violer un peu. Anéantir ce respect du véritable amour qui tient toutes les distances. Embrasser quelqu'un, c'est avoir déjà renoncé à l'aimer. Le jeune homme n'est pas venu la cent et unième nuit, et il a pu continuer à rêver. Il aurait fallu avoir moins de scrupules pour la prendre et la serrer de force, tout contre moi. Mais au fond, je ne regrette rien, il fallait bien que mon illusion cesse. Mes cent nuits étaient passées.

C'est pourquoi j'accepte aujourd'hui tous les défis que vous voudrez bien me lancer. Je me sens d'humeur à égorger tous les agneaux en chemise Ralph Lauren de notre bergerie. Allons fêter cela samedi prochain dans un lieu de débauche, je vous promets que vous ne serez pas déçu.

J'ai toujours été fidèle à la littérature, je vous trouverai une Présidente et vous courrez à votre perte. Je m'en réjouis d'avance. Néanmoins, je propose un bémol, un petit écart de conduite quant au Livre qui dirigera la suite de ces aventures. En clair, je ne compte pas vous refuser ma couche. Si nos corps s'entendent si bien, à quoi bon nier la source de plaisir qui s'offre à nous ? Je propose que nous puissions disposer l'un de l'autre quand bon nous semblera, en toute amitié. Car nous voilà redevenus amis, si jamais nous avions cessé de l'être, n'est-il pas vrai, mon Amour ?

De Paris, ce 6 septembre 19**

Lettre 169
Marie à Tess
tessbaby@hotmail.com
Objet : La prépa qui fait mal

Hello you ! Comment se passe la vie sur ton campus de rêve ? Moi depuis Cape Cod j'ai été en maillot sous le soleil de Corse puis en pull sous la pluie normande (histoire de perdre mon bronzage) et je suis arrivée au lycée F... où on ne rigole pas du tout. Premier jour de cours, pas assez de chaises dans la classe. Le prof fait l'appel et un de ceux qui étaient debout lui dit qu'il aimerait bien s'asseoir. On lui répond qu'il n'a pas à s'en faire (tous les sièges sont éjectables ici) dans peu de temps un grand nombre de ses petits camarades auront déjà lâché prise et alors il y aura de la place pour tout le monde. Il paraîtrait que la moitié de la classe se sera déjà barrée avant la fin du premier trimestre. Ils nous demandent d'être de bonnes « éponges » (avoir une grande capacité d'absorption et pouvoir être pressées et tordues et mouillées et bien rendre tout ce qu'on aura imbibé pour être à nouveau plongées dans les eaux profondes de la connaissance... la métaphore peut se filer à l'infini). Pas effrayant du tout ! Camille et moi faisons les grandes asociables comme d'hab. On se soutient dans l'adversité.

J'espère que tu vas bien et que Berkeley est à la hauteur de tes espérances. Raconte-moi tout, je suis vraiment curieuse de savoir.

Have fun sweetie. Kiss Kiss

De marieaparis@wanadoo.fr, ce 6 septembre 19**

LETTRE 170
Thomas à Camille
À Paris

C'est Julien qui m'a donné ton adresse. Vu que tu m'as refilé un faux numéro de téléphone ! Passons. Julien m'a dit que tu faisais ça pour qu'on t'écrive des lettres. Est-ce que tu as un e-mail ? Ce serait peut-être plus simple. Les lettres je t'avoue que c'est pas trop mon truc. Mon numéro est le 06 58 45 32 12. Si tu veux qu'on se prenne un café, ça me ferait très plaisir. Je t'embrasse. À très bientôt j'espère.

De Paris, ce 7 septembre 19**

LETTRE 171
Jointe à la LETTRE 170
Camille à Julien
À Paris

Vicomte, ci-joint un piètre trophée. Est-il besoin de préciser que votre nouvel ami est hors concours, et que je ne répondrais point à ce genre d'écrits ? Cela n'enlève rien à ses qualités de rouleur de pelles mais, soyons sérieux cinq minutes, il n'apporterait rien à notre histoire.

J'étais ravie de vous voir samedi, plus flamboyant que jamais. Comment s'est terminée la soirée avec la greluche que vous nous aviez dégotée ? Je propose de réitérer le week-end prochain. Si vous ne me trouvez pas de chair fraîche d'ici là, nous nous approvisionnerons sur place. Comment s'est passée votre rentrée des classes ? Je croule sous le travail, Spinoza me pointe du doigt et se fait très menaçant. Je tiendrai bon.

Adieu, cher ami, je vous loue et suis, pour toute la vie, tout à vous.

De Paris, ce 9 septembre 19**

LETTRE 172
Alexandra à Esther
estherontherocks@ny-editions.com
Objet : Ne pas faire n'importe quoi

Es-tu bien sûre au moins de ce que tu fais, petite chérie ? L'amour c'est une chose, mais suivre des cours par correspondance c'est pas comme manger des

Carambar. Tu ne veux pas faire de prépa ? Soit. Tu fuis ta famille de fous ? Encore plus mieux. Mais New York, New York... Bref, à croire qu'il y en aura toujours une qui manquera à l'appel ! Camille a passé toute l'année dernière à nous bassiner avec Marie et maintenant les rôles sont inversés. Elles sont toutes les deux en hypokhâgne à F..., elles ont l'air débordées. Et à bien y réfléchir cinq minutes, moi aussi. Tout ça chouchoute pour te dire que je t'embrasse et que je pense à toi. Prends bien soin de ton nouvel amoureux, raconte-nous un peu ta vie et deviens un grand éditeur, qui sait... ça peut toujours servir !

De alexarm@hotmail.com, ce 18 septembre 19**

Lettre 173
Émilie à Julien
À Paris

Tu avais dit que tu m'écrirais. Je ne te reproche rien. Bien sûr tu ne pouvais pas pendant les vacances à cause de mes parents, mais pourquoi est-ce que tu ne réponds pas au téléphone ? Ce soir, je suis triste. Je n'ai jamais été aussi triste, j'ai l'impression que tu ne m'aimes plus. Je pleure. Rouen c'est horrible comme ville. Je n'ai aucun ami. Si tu penses que la Normandie c'est trop loin pour qu'on soit ensemble, je comprends. Tu disais toujours que je n'écrivais pas assez, aujourd'hui que nous sommes loin on pourrait s'écrire des lettres justement, et puis on pourrait se voir les week-ends. Ça ne prend que deux heures de train. Je ne voulais pas te dire que j'étais malheureuse, mais mes larmes coulent alors même que j'écris. Moi je t'aime encore, je t'aimerai toute ma vie. On s'était promis. Je suis trop triste pour continuer, je suis perdue, c'est comme si tu étais mort. J'ai parlé de toi à une fille de ma classe, elle m'a dit que tu m'avais sûrement trompée cet été et que tu t'en voulais. Si c'est ça, alors je suis prête à te pardonner. Mais Julien je t'en prie ne me laisse pas comme ça sans explications, je n'arrive même plus à travailler. Appelle-moi, j'ai tellement besoin d'entendre ta voix. Je t'aime.

De Rouen, ce 20 septembre 19**

Lettre 174
Julien à Émilie
À Rouen

Ma chérie,

Tu as bien fait de m'écrire. Je t'avais complètement oubliée. L'amour à distance m'a toujours paru absurde. Si je ne te l'ai pas dit, c'est parce que je ne voulais pas nos adieux à Saint-Cyr trop larmoyants et que tu as une forte propension aux élans lacrymatoires. Car c'était bien d'adieux qu'il s'agissait. Je m'en veux aujourd'hui de ne pas avoir été assez clair. Tu as dû penser à moi tout l'été, trois mois ça passe vite quand on aime. Le problème ma Belle, c'est que je ne t'ai jamais aimée. Petite oie blanche, tu as été un merveilleux remède contre l'ennui du pensionnat de Saint-Cyr, je garderai un excellent souvenir de ces nuits où nous bravions tous les interdits. En revanche ne m'écris plus, je t'en prie, tes lettres ne valent pas la peine d'être lues. J'espère que tu t'en remettras aussi vite que moi. Bonne vie ma jolie.

De Paris, ce 22 septembre 19**

LETTRE 175
Marie à Tess
tessbaby@hotmail.com
Objet : Campus dream

Hello Miss Berkeley ! Quelle chance tu as, je dois dire que ta description m'a fait saliver... sauf peut-être le club des pom-pom girls (mais tant que tu n'en fais pas partie l'honneur est sauf). Je suis bien d'accord avec toi, le système français semble étrangement étriqué en comparaison. À ta place j'aurais pris biologie marine, littérature russe et art plastique, mais bon italien c'est la langue des paninis (hi hi hi). Blague à part, je suis ravie que tu sois amoureuse et non je ne dirai pas « comme d'hab », puisque ce cher Dan m'a l'air en tous points parfait.

Dans mon « bagne » à moi tout baigne. Je croule sous le travail et je n'envisage pas de devenir végétarienne (avec mon père qui part à la chasse tous les week-ends, ce serait synonyme de rébellion et je n'y tiens pas).

Embrasse le beau Dan ainsi que toutes tes colloques blondes-championnes-d'aérobic (folles) pour moi. Kiss Kiss

De marieaparis@wanadoo.fr,
ce 22 septembre 19**

Lettre 176
Jointe aux Lettres 173 et 174
Julien à Camille
À Paris

Deux petits trophées pour garder la forme. Oui, oui, je sais, le mien est un peu facile et très méchant, mais vous connaissez la petite comme moi – ou presque –, il faut être simple et précis avec des âmes si pures. Aussi je vous saurais gré de ne pas m'en tenir rigueur.

Cela étant dit, la vie à Sciences-Po suit son cours. Les profs sont bons pour la plupart et j'ai repéré deux fous de mon espèce que je compte bien apprivoiser au plus vite. Nous vous les ferons rencontrer, c'est promis. Je tenais par ailleurs à vous présenter mes plus franches excuses, je parle de ce cher Thomas. Vous avez raison, il n'est pas dans notre intérêt de traiter avec de pareils énergumènes. Mais avouez qu'on ne peut jamais prédire qui sera ou non pourvu de talents littéraires et qu'à l'oral il s'exprimait dans un français tout à fait correct.

Où en êtes-vous dans vos recherches d'une PT ? Il me semble qu'une hypokhâgneuse ferait parfaitement l'affaire. Je constate avec regret que vous ne vous occupez jamais de moi – ou devrais-je dire jamais assez ? Si vous consentiez à venir passer la nuit du jour où vous recevrez cette lettre dans mon lit, je changerais peut-être d'avis. La lettre d'Émilie m'a soudain rappelé à ma solitude. J'ai besoin de me consoler entre vos bras, un peu de tendresse ne nous ferait pas de mal, qu'en dites-vous ma belle amie ?

Si l'Europe cessait d'être une idée, je voudrais en

devenir le Président. Je me demande bien ce que Sciences-Po finira par faire de moi. Quant à vous je songeais l'autre jour que vous vous engagiez dans la voie des lettres comme on dit, la vie est faite de jolies ironies. Nous verrons bien. S'imaginer dans le futur ne sert que si l'on se souvient un jour de ses projections passées et que l'on conserve assez de distance pour en rigoler. Bonne nuit Marquise de mon cœur, pensez à moi quelquefois.

De Paris, ce 22 septembre 19**

LETTRE 177
Esther à Alexandra
alexarm@hotmail.com
Objet : Je suis bien d'accord

Alexapucine, c'était la chose à faire et je l'ai faite. Tu sais à quel point ces derniers temps ont été difficiles pour moi. Je ne fuis pas Paris, je commence une autre vie. Mon amie du lierre et des rhododendrons géants, Alexandra la grande battante, j'ai pris exemple sur toi, tu vois je prends ma vie en main. On ne naît pas tous fragiles, dans la plupart des cas la vie se charge bien assez comme ça de nous torpiller. J'ai eu mon lot de nature et de culture de ce côté-là. Mais pour moi c'est fini. Je me protège donc je pars.

Ce stage n'est qu'un départ, et j'aime beaucoup ce que je fais. Georges est très gentil, il est tout le calme et l'apaisement auxquels j'aspire. Je ne sens pas la différence d'âge entre nous. New York a été ma maison dès que je suis sortie de l'avion. C'est une ville de coup de foudre. Je me sens bien pour la première fois depuis longtemps et j'ai envie de vivre pour moi. Ne t'inquiète pas, si jamais c'était une erreur, alors je reviendrais et on appellera ça « une expérience à l'étranger ».

Je t'aime petite brindille, embrasse Marie et Camille pour moi.

De estherontherocks@ny-editions.com,
ce 27 septembre 19**

LETTRE 178
Julien à Diane
diane_a@sciences-po.fr
Objet : La confusion des remerciements

Bonjour Diane,

Je tenais à te remercier d'avoir bien voulu me prêter ton Bic rouge hier en cours d'histoire. Oh ! te diras-tu, le piètre prétexte pour faire intrusion dans la boîte e-mailique de la plus jolie fille de la classe... et tu auras raison, mais c'est tout ce que j'ai trouvé. Maintenant que je me suis suffisamment ridiculisé, j'espère que tu accepteras de prendre un café avec moi :

1) Soit pour te dire ma gratitude, rapport au stylo à encre ineffaçable

2) Soit pour te faire mes excuses, rapport au mail déplorable que tu es en train de lire.

Voilà, pour être bête, cela a au moins le mérite d'être clair.

Dans l'attente de ta réponse, je te souhaite une excellente journée.

De julien_s@sciences-po.fr, ce 28 septembre 19**

LETTRE 179
Diane à Julien
julien_s@sciences-po.fr
Objet : La promesse du thé

Ça n'était pas mon Bic, mais celui de ma voisine. Et je ne bois pas de café. En revanche, si tu aimes le thé, nous pouvons nous retrouver à la sortie des cours vendredi, chez B..., à 18 h 30.

Dianequit'excuse

De diane_a@sciences-po.fr, ce 29 septembre 19**

LETTRE 180
Julien à Camille
À Paris

Ma très chère amie nous voilà bien avancés. Vous refusez tous ceux que je vous propose et vous vous comportez en soirée comme si j'étais votre amant. Le fait que je le sois efficacement n'est pas la question. Car vous avez été odieuse hier soir et par votre faute je n'ai pas pu embrasser celle que j'avais fait venir tout exprès pour cela. Vous m'avez dit que vous la trouviez « très jolie ». J'ai cru alors que vous me donniez votre aval. Où est le mal ? Vous ne vous êtes pas gênée à ce que je sache pour me faire moult infidélités lors de cette même soirée. Je tiens d'ailleurs à vous signifier que je désapprouve fortement votre comportement. Ça n'est pas à la Marquise que je m'adresse mais à la Princesse. En laissant tous ces hommes – et toutes ces femmes, grands dieux ! – s'emparer de vous, j'ai peur que vous ne vous égariez. Je ne suis pas jaloux, je ne suis pas votre père non plus mais tout de même, un peu de tenue. Personne ne me fera croire que vous étiez ivre, vous tenez l'alcool comme un marin breton. Votre soif seule était irregardable. Que vous en vouliez à la terre entière et à moi en particulier, passe encore. Mais vous n'avez pas le droit de vous accaparer Julien comme cela. Si vous ne me laissez pas m'amuser en votre présence, je commencerai à vous cacher des choses et notre Livre n'aura plus aucun sens. La liberté mon amie, la liberté seule doit guider nos actes et dicter nos folies. Laissez-moi Diane, ne faites plus mur entre elle et moi. Accordez-la-moi comme proie et je jure de vous réjouir. Jamais nous ne nous appartiendrons. Nous ne pourrons nous aimer que par personne interposée. Elle vous plaît, donnez-la-moi. Qui sait ? Elle est peut-être la Présidente que nous avons tant cherchée.

Marquise vous êtes insupportable, vous êtes capricieuse et je viens de découvrir à mon grand désespoir que vous étiez possessive. En vérité plus je vais et plus je suis tenté de croire qu'il n'y a que vous et moi dans le monde qui valions quelque chose. Dommage qu'il faille pour cela que vous m'empêchiez d'en aimer une autre.

De Paris, ce 10 octobre 19**

Lettre 181
Marie à Tess
tessbaby@hotmail.com
Objet : National Railway

Hello Tessbaby ! Au risque de te décevoir je n'ai pas grand-chose à te raconter. À vrai dire je suis trop débordée par les événements pour pouvoir prendre la distance nécessaire et analyser ce qu'est (et ce que sera) ma vie. Alexandra dit qu'il y a deux sortes de personnes dans le monde (le monde des trains s'entend). Il y a les chefs de trains qui avancent sur des rails. Arrivés à un croisement ils doivent choisir une voie plutôt que l'autre. Cette route les amènera à un second croisement et ainsi de suite, jusqu'à la destination finale. Chaque fois que nous prenons le chemin de droite plutôt que celui de gauche nous ratons un nombre infini d'opportunités, chaque fois que nous avançons nous réduisons le champ de nos possibles. Bien sûr on peut toujours se rendre compte qu'à un moment donné du parcours on s'est trompé alors il faut faire demi-tour, attendre le prochain carrefour et les dix autres qui suivront pour revenir au choix initial qu'on avait loupé (ça prend du temps). C'est faisable, il faut s'armer de patience voilà tout. Et puis il y a les autres. Ceux-là n'acceptent pas la voie toute tracée qui s'offre à eux. Alors ils plantent leurs rails eux-mêmes. C'est fastidieux, ils enfoncent un clou après l'autre et avancent comme des petits escargots. Mais en cas de problème (je veux dire si jamais ils réalisent qu'ils vont dans la mauvaise direction) il suffit juste de descendre sur la voie pour tout déclouer et remettre leurs rails comme ils veulent. Robert Frost racontait à peu près la même chose et Vautrin avec son fameux « Vous êtes au carrefour de la vie, jeune homme ».

Alexandra a raison il faut toujours avancer, il faut toujours faire des choix. Le seul problème c'est que dans sa métaphore qui explique toute la vie, elle n'a pas donné de place aux passagers.

Good night sweet heart.

De marieaparis@wanadoo.fr, ce 10 octobre 19**

LETTRE 182
Jointe à un bouquet de roses rouges
Antoine à Camille
À Paris

La Rochefoucauld a dit : « Il est plus difficile de dissimuler les sentiments que l'on a que de feindre ceux que l'on n'a pas. »

Avec toi, je ne peux qu'être moi-même. Je crois que je t'aime.

De Paris, ce 10 octobre 19**

LETTRE 183
Camille à Antoine
À Paris

Il ne m'a jamais été difficile de feindre. Néanmoins, avec toi je ferai exception et je serai d'une sincérité exemplaire : tu m'es complètement indifférent.

Par ailleurs, dans ma très grande bonté, je tiens à te faire savoir qu'on n'offre jamais les roses en nombre pair.

Bien cordialement,

De Paris, ce 12 octobre 19**

Lettre 184
Jointe aux Lettres 182 et 183
Camille à Julien
À Paris

Des menaces, Vicomte ? Vous allez me cacher des choses ? Oh ! Mon cœur tremble. Il est vrai que vous avez toujours été d'une sincérité à toute épreuve. Ne parlons pas des lettres que vous avez envoyées à Marie. Celles-là étaient destinées à me faire la plus belle surprise de ma vie, et vous ne pensiez pas à mal, cela est certain. Gageons donc que vous ne m'avez jamais rien caché à moins que ce ne soit pour mon bien. Je place votre bonne foi très haut dans mon estime, n'en doutez point.

En revanche, la question se pose de savoir pourquoi vous avez envoyé un e-mail à Diane mardi dernier sans m'en avertir. Et sa réponse, Julien, l'avez-vous perdue ? Les règles de départ stipulaient pourtant que toute correspondance, électronique ou non, nous tiendrait lieu de trophée. Quel Livre écrivez-vous, Vicomte ? Qui sont vos complices ? Vous moquez-vous de moi lorsque vous me demandez de vous désigner Diane comme proie alors que vous avez déjà lancé la machine infernale à coups de « Tu es la plus jolie fille de la classe » ? Apprenez donc de vos erreurs passées. Déjà vous aviez mésestimé ce que l'on appelle communément la complicité féminine, avouez que cela ne vous avait pas réussi. Mais laissons Marie en dehors de tout cela. Mon cœur s'emballe parfois malgré moi. J'espère simplement que mon comportement de samedi sera pardonné, maintenant que vous en connaissez les véritables raisons.

Mon ami, tâchez de ne plus calculer deux coups à l'avance, sans cela nous finirons par nous ennuyer. Diane est à vous, baisez-la tant qu'il vous plaira, et cessez de me cacher vos misérables échanges de prose, sans cela je me fâcherai.

Pour preuve de ma sincère volonté de poursuivre ce que nous avons commencé, je joins à ma lettre deux trophées. En attendant ceux que vous me devez, je vous embrasse de toute mon âme, ma très chère, ma très adorée crapule.

De Paris, ce 12 octobre 19**

Lettre 185
Alexandra à Esther
estherontherocks@ny-editions.com
Objet : Apprendre ou à laisser

Le temps nous fait défaut. Il pleut pour les chiens ici. Je manque très cruellement de sommeil, la crème Nivea anticernes n'y fait rien. Je bosse comme une sage bourrine, sereine face aux catastrophes à venir. J'ai eu un DST de français ce matin, j'ai écrit les pires conneries. Toutes les anaphores et les anacoluthes se mélangeaient dans ma tête. J'ai vraiment honte de moi. Je me sens comme un hamster dans sa petite roue tournicotante personnalisée. La seule chose drôle, c'est que pendant que ça roule, on peut observer les autres hamsters piégés pareil que nous. Tenir ses nerfs, c'est tout ce qui compte ici. Petite chérie, tu as bien fait de ne pas te lancer.

Tout à l'heure on va à un festival de péplum avec Camille et Marie. Ce sera un bon souvenir, une soirée Rome antique / cinéma muet, même *Télérama* n'est pas au courant ! Je te raconterai.

Je t'embrasse mon amie, raconte-moi tous tes changements d'humeur, histoire que je réalise qu'il y a une vie à part la prépa.

De alexarm@hotmail.com, ce 12 octobre 19**

LETTRE 186
Julien à Diane
diane_a@sciences-po.fr
Objet : Extension du domaine de l'apprivoisement

La belle Diane s'est enfuie samedi soir sans prendre la peine de dire au revoir à son nouvel ami. J'espère que tu t'es tout de même bien amusée.

Tu es libre pour un thécitron après les cours ?

Julienquin'atoujourspastonnumérodetéléphone

De julien_s@sciences-po.fr, ce 13 octobre 19**

Lettre 187
Diane à Julien
julien_s@sciences-po.fr
Objet : À l'ombre des night-clubbers en fleurs

Oui, c'était très sympa, merci de m'avoir invitée. Je suis partie parce que j'avais mal aux pieds... et je ne t'ai pas dit au revoir parce que tu étais très « occupé ».

Après les cours, je trace chez moi, je n'ai toujours pas terminé ma dissert.

On se voit demain ?

Diane0654378911

De diane_a@sciences-po.fr, ce 13 octobre 19**

Textos
Paris, 13 octobre 19**

Julien à Diane, 19 h 58
Où en es-tu avec Émile Deschanel ?

Diane à Julien, 19 h 59
Toujours à l'intro, je piétine

Julien à Diane, 19 h 59
Puis-je t'être d'une quelconque utilité ? un plan en trois parties ? une pizza ? une blague ?

Diane à Julien, 20 h 02
OK. Avec des champignons. Tu livres à domicile ?

Julien à Diane, 20 h 03
Oui Madame, si tu me donnes ton adresse, je livre en 29 minutes chrono !

Diane à Julien, 20 h 04
40 bd R..., 6e étage

LETTRE 188
Julien à Diane
diane_a@sciences-po.fr
Objet : Un Julien nommé désir

Tu m'as dit entre deux gorgées de thé « Faisons connaissance ». Je ne demandais pas mieux. J'étais très heureux que tu acceptes de venir en boîte avec nous samedi dernier et encore plus de jouer les pizzaiolos hier soir. Aussi au cas où tu ne l'aurais pas remarqué, je tiens à te préciser que tout cela participe d'une technique globale de drague. Bien sûr je ne m'attendais pas à être récompensé en nature, je voudrais juste que tu ne te voiles pas la face. Je ne souhaite pas devenir ton bon ami Diane. J'ai déjà des amis. Ajoutons ici que Camille est ma meilleure amie et qu'il n'y a aucune ambiguïté entre nous. Je dis cela à cause de la suspicion qui se lisait dans tes yeux hier lorsque tu as abordé le sujet. Je ne sais pas de quoi vous avez parlé toutes les deux samedi, j'espère simplement que tu ne te méfies pas de moi.

Je suis un garçon honnête, tu me plais et j'ai envie de t'embrasser, voilà tout. Si tu refuses, sache pour ta gouverne que je suis du genre acharné.

Julienquitesouhaiteunebonnejournée

De julien_s@sciences-po.fr, ce 14 octobre 19**

Lettre 189
Diane à Julien
julien_s@sciences-po.fr
Objet : Mémoires d'une jeune fille coincée

La persévérance est une qualité, pas l'acharnement.

Je ne me méfie pas de toi... Ni de Camille ni de personne en règle générale étant d'un naturel plutôt naïf, si l'on en croit mes parents. Je te remercie pour la pizza d'hier soir et pour ton élan de franchise. Mais je ne suis pas intéressée. Si tu ne veux pas que nous soyons amis, alors tant pis. Je te souhaite un très bon week-end, embrasse Camille pour moi et dis-lui que je l'ai trouvée très sympa... Très délurée aussi comparée à moi, comme tu l'auras très certainement constaté. Enfin, tout est relatif, j'espère juste que mon refus de participer à son mirobolant « jeu des glaçons » ne t'a pas donné une trop mauvaise idée de moi.

Dianelapetiteprude

De diane_a@sciences-po.fr, ce 15 octobre 19**

Lettre 190
Jointe aux Lettres 178, 179, 188 et 189
Julien à Camille
À Paris

Quatre trophées Marquise ! Quatre de nos piètres élans prosaïques comme vous les nommez. Si avec ça je n'obtiens pas votre confiance, je veux bien être pendu. Non je ne veux pas me justifier, vous êtes trop cruelle, c'est un fait. Toutes les femmes le sont. Espérons que ma Diane le sera moins que vous. Cette petite me fait douter de moi, elle me résiste. Gageons que ce soit un bon début. Je voudrais avoir votre avis sur la question, vous connaissez si bien la gent féminine – et vous l'aimez tant ! Je suis sûr que si je n'étais pas là, Diane et vous deviendriez de grandes amies.

Aimez-vous *La Traviata* ? Accepteriez-vous d'y pleurer avec moi dans deux samedis ? Il y a une lettre d'adieu dans cet opéra. Elle est terrible. Le pauvre Alfredo chante un merveilleux air de désespoir après l'avoir lue. J'ai toujours vécu le fait d'être plongé dans l'obscurité pour voir des gens s'agiter sur scène comme la chose la plus érotique du monde. Dans les loges de Garnier il y a des divans, je suis persuadé qu'à l'heure où la grosse caisse battait l'arrivée des chœurs, les spectateurs faisaient des choses obscènes sur ces morceaux de velours rouge. J'écris n'importe quoi. Pardonnez-moi. J'ai sommeil. Je vais aller me coucher. Donnez-moi Diane. Mon invitation tient toujours. Folia ! Folia ! Bonne nuit mon amie. Pardonnez-moi de vous avoir caché ces deux lettres, vous êtes ma seule complice ; je n'écris pas de Livre, j'essaie de m'amuser, c'est tout.

De Paris, ce 15 octobre 19**

LETTRE 191
Camille à Julien
À Paris

Camille de Peretti de la Rocca
remercie vivement Monsieur Julien Serol

de son aimable invitation qu'elle accepte
avec le plus grand plaisir et le prie de recevoir
ses salutations distinguées.

Vous m'avez manqué hier soir.

De Paris, ce 18 octobre 19**

LETTRE 192
Diane à Julien
julien_s@sciences-po.fr
Objet : Le rivage des bords de Seine

Tu as disparu ? Est-ce que tu restes à Paris pour les vacances ? Moi, oui... je vais essayer de travailler un peu. Vu mes dernières notes en histoire, ça ne peut pas me faire de mal. As-tu quelque chose de prévu pour samedi ? Ça m'a vraiment fait plaisir de discuter avec toi hier. Appelle-moi, si tu as un peu de temps...

Dianequit'embrassedeloin

De diane_a@sciences-po.fr, ce 20 octobre 19**

LETTRE 193
Julien à Diane
diane_a@sciences-po.fr,
Objet :

Petite joueuse.

De julien_s@sciences-po.fr, ce 21 octobre 19**

Lettre 194
Jointe aux Lettres 192 et 193
Julien à Camille
À Paris

Oh Marquise ! vos conseils font fureur. Vous aviez raison sur toute la ligne. Quelle joie de pouvoir enfin converser avec vous sans ce bruit de fond de techno parade. Hier soir au téléphone j'ai compris pourquoi je vous aimais tant. Vous recevrez cette lettre après que nous aurons passé une divine soirée. Si vous saviez comme j'ai hâte de vous voir demain soir. Loin des boîtes de nuit et des embrassades habituelles. Depuis combien de temps ne nous sommes-nous parlé réellement ? Nous écouterons des amants chanter et je vous raconterai tout ce que j'ai vécu aujourd'hui, mais laissez-moi vous le dire tout de suite. Diane est un volcan. Vos deux mots l'ont frappée droit au cœur. Et sans nous emballer je donnerais ma tête et mes deux mains à couper si cette femme-là n'est pas folle de moi. J'ai fait tout ce que vous avez dit. Je lui ai envoyé votre petite bombe et je l'ai superbement ignorée toute la journée. Vous connaissez cette merveilleuse sensation d'être regardé par quelqu'un qui insiste pour qu'on tourne la tête vers lui et de tenir le regard obstinément dans la direction opposée. Tous mes sens étaient en alerte, mon corps était transpercé de vingt-sept épées chaque fois que ses yeux se posaient sur moi. Je n'ai pas faibli. Seulement à la fin des trois heures de cours qui avaient formé son supplice, je l'ai fixée franchement avec une petite moue interrogatrice pour lui faire comprendre que son manège ne m'avait pas été indifférent. Elle s'est transformée en pivoine, a vaguement haussé les sourcils dans trois directions opposées et alors j'ai été pris d'un incroyable fou rire. Si vous aviez pu lire la haine dans son regard, vous auriez été fière de moi.

Depuis je ne tiens plus en place. J'ai besoin de vous voir. Je voudrais vous faire l'amour tout de suite. Je crois même que je vais vous apporter cette lettre en main propre. Ne m'aviez-vous pas écrit que vous habitiez un rez-de-chaussée ?

De Paris, ce 22 octobre 19**

LETTRE 195
Marie à Tess
tessbaby@hotmail.com
Objet : Chicken Mac nuggets

Hi baby ! Première pause de la journée. J'étais partie pour t'écrire et je constate avec joie que tu m'as devancée. Je viens juste de recevoir ton mail et je t'imagine la tête comme une pastèque, la langue comme une serpillière (quelle chance tu as !). La dernière fois que je me suis mis la tête à l'envers c'était il y a si longtemps que je n'ose même plus y penser. Je hais les dimanches. J'ai tellement de travail que je n'ai même pas pu aller jouer au tennis avec ma sœur. Je meurs de faim, la maison est déserte et j'ai la flemme de me préparer à déjeuner. C'est la déprime internationale comme dirait Camille. By the way on parlait de toi l'autre jour et elle m'a dit de t'embrasser. On se demandait ce qu'étaient devenues Daphnée et

Chloé. Tu as des nouvelles ? C'est très dur de garder des relations à longue distance quand on se rend compte que la seule chose qui nous poussait à être ensemble c'était d'aller déjeuner au Mac Do le plus proche ou chez le traiteur chinois. Tu te souviens de cet éternel choix ? Mac Do, chinois, crêperie ou libanais. Tu étais la seule à vouloir aller au Mac Do (moi j'avais peur de la vache folle) et Camille se nourrissait exclusivement de hommos et de fatayers. J'ai vraiment trop faim, je vais aller me faire des pâtes (ou une tablette de chocolat). Repose-toi bien mon amie. À très vite. Kiss Kiss

De marieaparis@wanadoo.fr, ce 24 octobre 19**

Lettre 196
Esther à Alexandra
alexarm@hotmail.com
Objet : Des habitudes

Lundi matin et des nuages très gris. L'automne est là. Je n'habite qu'à une dizaine de blocks de mon bureau. J'adore marcher le matin, regarder la ville qui s'anime, passer devant les petites roulottes qui exhalent des odeurs de bagels et de café chaud. Des litres de café. Cette ville apprend la dissolution, tout est plus grand, tout est dilué. Il y a toujours un type pour venir te parler de l'arrivée du Messie et les tours pour te rappeler qu'il aurait bien du mal, si jamais il débarquait. Georges me cajole et me protège, il ouvre ses bras et ses yeux, je suis en paix avec lui. On fait pas mal de dîners avec ses amis, j'apprends à cuisiner.

Rien d'aussi expérimental que toi, bien sûr, mais des pâtes à la tomate, plutôt réussies si tu veux savoir. Il m'embrasse tout le temps, de la tendresse en barre, il n'y a qu'à se servir. Mon stage se passe bien, mon boss est un extravagant, mais j'ai l'habitude de gérer ce genre de personnes. Je pense que la prochaine fois que je chercherai un boulot, je l'écrirai sur mon CV : « grande expérience des fous en tous genres. » C'est un atout non négligeable. Tu vois mon amie, il ne faut pas t'inquiéter pour moi. Je lis beaucoup, de belles choses et d'autres ennuyeuses. Je n'avais jamais considéré le fait de lire comme un travail. Quand je rentre le soir, c'est difficile de lire encore, et pourtant je me suis plongée dans Henry James. Des frissons partout. Si tu as le temps entre deux anacoluthes, lis *Portrait of a Lady*, c'est de la vraie vie.

Je t'embrasse des glaïeuls. Fais attention à toi, n'apprend pas trop de mots inutiles.

De estherontherocks@ny-editions.com,
ce 25 octobre 19**

Lettre 197
Camille à Julien
À Paris

Je ne sais pas pourquoi ils appellent cela des vacances. Au moins quand on est assis en cours, il ne faut qu'écouter. J'ai un commentaire composé à faire, et rien que l'idée de devoir écrire le mot « églogue » dans une introduction me désempare. Quoi faire, mon ami ? Vous n'êtes même pas là pour surgir à ma fenêtre et me ravir comme vous l'avez fait la dernière fois. Julien est fou, et c'est pour cela que je l'aime. Je ferais mieux de travailler, je ne suis qu'une hypokhâgneuse paresseuse. Julien est mon amant, Julien est mon souffle, je lui cède tout. Ses yeux sont sombres, et dans la nuit, je peux y voir des petites paillettes d'or. Elles dansent. Je ne pourrais jamais être amoureuse de lui, il ment trop souvent. Les menteurs sont des gens qui comprennent l'ennui du monde. Ils veulent toujours que les choses soient belles, et on leur en veut pour cela. On a bien raison ; la réalité est si horrible qu'il vaut mieux ne jamais essayer d'en sortir.

Non, vraiment, je ne sais pas pourquoi ils appellent cela des vacances, je lis un livre par jour, et pas des meilleurs : Hegel, Kant et tous les autres ennuyeux qui se sont fait publier à force de persévérance. Kant n'est jamais sorti de chez lui, à part pour promener son chien, et voudrait m'expliquer à moi ce qu'est la vie ? J'en perds la tête, c'est une métonymie. Moi aussi, un jour, je serai un grand homme. En attendant, je vous charge de m'en trouver un petit. Je ne peux pas rester comme cela, sans faire souffrir quelqu'un. Vous me manquez terriblement ce soir, Vicomte. Même si je me suis juré également d'être une bonne élève et de me venger de vous, sachez que j'ai passé deux merveilleuses soirées entre vos bras, et que je ne souhaite être comprise que de vous. Bonne nuit.

Ah ! J'étais sur le point de m'endormir et je reviens vers vous, car j'ai oublié de vous donner mes instructions pour notre petite chérie. Diane, donc. Le plan est le suivant : il serait bon que vous changiez radicalement de comportement, proposez-lui une amitié franche et sincère. Si tout ce que vous m'avez raconté est vrai, alors cela achèvera de lui tournebouler la tête. J'imagine d'ici votre désespoir et votre impatience. Rassurez-vous, cette franche camaraderie sera de très brève durée. Et alors, c'est elle qui fera tout pour vous séduire. Vous aurez le bonheur de refuser ses avances. Quel prix un homme ne paierait-il pas pour cela ? Je tombe de sommeil, je vous embrasse. Faites confiance à votre amie, de grâce. Bonne nuit.

De Paris, ce 25 octobre 19**

LETTRE 198
Julien à Diane
diane_a@sciences-po.fr
Objet : L'ami Julien retrouvé

Diane, ma Belle – oh oui je sais que tu n'aimes pas que je t'appelle comme cela, mais crois-moi c'est la dernière fois.

Je t'écris car je tiens à te présenter mes excuses. Mon mail était absurde, mon rire encore plus. C'est Camille qui m'a ramené à la raison. Notre amour est impossible. Je te trouve trop sympathique pour cela et puis je suis trop impatient. Tu ne me connais pas. J'étais sincère lorsque je t'ai fait mes déclarations d'amoureux. Je suis sincère aujourd'hui lorsque je te dis que je voudrais devenir ton ami. Je suis comme ça. Il faudrait être folle pour pouvoir m'aimer et toi tu es une fille merveilleuse, une fille gentille et drôle et droite. Tu es tout sauf délirante. Je peux être très sérieux aussi quand il ne s'agit pas d'amour. C'est ce que je te propose. Qu'en dis-tu ?

Julienlegrandraisonnable

De julien_s@sciences-po.fr, ce 27 octobre 19**

LETTRE 199
Nini à Camille
À Paris

Ma fille ne m'appelle pas parce qu'elle a trop de travail. Ta mère et toi vous la détestez. Vous êtes des salopes [illisible]. J'ai mal au dos parce que le Doliprane [illisible]. Tu ne m'appelles pas. Allez au diable les gentilles du repassage. [illisible] ma femme de ménage ne fout rien elle m'arnaque. Je t'aime [illisible] ma chérie. Ça me fait toujours plaisir de t'avoir au téléphone. Claudine est venue me voir [illisible] des fleurs. Appelle-moi et garde les timbres.

De Cannes, ce 27 octobre 19**

LETTRE 200
Diane à Julien
julien_s@sciences-po.fr
Objet : Les deux mousquetaires

Je suis ravie que tu me fasses enfin une proposition raisonnable. Tu remercieras ta chère Camille, car je pense en effet que nous pouvons devenir de grands amis. Je travaille tous les jours à la bibliothèque, si tu veux qu'on aille prendre un thé, ce sera avec plaisir.

Dianequit'embrassesurlesdeuxjouespuisqu'ellen'a plusrienàcraindredetoi

De diane_a@sciences-po.fr, ce 28 octobre 19**

LETTRE 201
Jointe aux LETTRES 198 et 200
Julien à Camille
À Paris

Oh que vous m'agacez à ne jamais répondre au téléphone ! À quoi sert que vous ayez un portable grands dieux ! si c'est pour qu'il soit toujours éteint ? Je hais votre messagerie, elle est pleine d'une doucereuse fausseté. Vous feriez mieux de dire « Camille de Peretti est injoignable comme toujours et elle n'écoutera pas votre message. Bonne journée ». Au moins nous serions fixés. Quoi qu'il en soit je viens de recevoir la réponse de Diane et c'est maintenant que j'aurais besoin de vous. Vos conseils sont nuls, divine Marquise. La chère Belle est ravie que je lui propose d'être mon amie et elle vous remercie de m'avoir conseillé une pareille sottise. Lisez vous-même ! À croire qu'elle n'attendait que cela. Suis-je donc destiné à être le dindon de votre farce à toutes deux ? Si vous m'avez tendu un piège pour qu'elle se désintéresse de moi, je vous félicite. Oh je vous en veux ! Je ne sais pas quoi lui répondre maintenant que vous avez tout gâché. Cette lettre même est inutile. Je vais aller vous la porter moi-même. Ah que je suis fâché de ne pas vous entendre. Si la télépathie existe ou la communion des âmes – au choix – je vous prierais de penser à moi dans les vingt-quatre minutes qui vont suivre et d'appuyer sur la petite touche verte de votre maudit instrument technologique pour soulager mes peines.

Me voici devant vos fenêtres. Vous m'avez dit un jour que votre grand-mère était gitane, que votre mère avait des dons divinatoires et que le tout était héréditaire. Vous aussi Camille vous mentez. J'ai attendu en vain vos sublimes instructions et que vous m'aidiez de vos sages conseils dans ce moment décisif. Tant pis je me débrouillerai seul.

De Paris, ce 28 octobre 19**

LETTRE 202
Camille à Julien
À Paris

Seriez-vous amoureux, Vicomte ? Si j'en juge par votre prose empo(r)tée et par la série de messages incompréhensibles que vous m'avez laissés hier sur mon pauvre portable, qui ne vous a rien fait soit dit en passant, vous déraisonnez. Je crains que, dans votre folie, vous n'ayez répondu à Diane quelque chose qui ait véritablement gâché nos plans. Car ne vous en déplaise, son mail correspondait parfaitement à mes attentes, et je n'aurais pas choisi de meilleurs mots si j'avais voulu vous dire à quel point j'étais une femme blessée. Ne faites donc pas l'enfant, et tâchez de mieux lire entre les lignes. Vous qui avez eu le génie de nous mettre en compétition, et de lui faire comprendre que tout ce qui se passait entre vous n'avait pas de secret pour moi. Ne sentez-vous pas la rage poindre lorsqu'elle parle de votre « chère Camille » ? Aujourd'hui, c'est vous qui ne répondez plus au téléphone, je ne sais vraiment pas pourquoi vous avez pris la chose avec tant d'anxiété. Malgré tout le zèle que vous mettez à me faire croire le contraire, je sais que vous avez déjà commis l'irréparable, et que vous avez envoyé mes « sublimes instructions » par-dessus les moulins. Si vous aviez été plus patient, la petite vous mangerait dans la main à l'heure qu'il est. Je suis navrée de pré-constater qu'une fois de plus vous n'en faites qu'à votre tête. Appelez-moi, si le cœur vous en dit, qu'au moins je sache vos bêtises.

Adieu, mon très cher Julien ; adieu, mon ami amoureux.

De Paris, ce 29 octobre 19**

LETTRE 203
Julien à Diane
diane_a@sciences-po.fr
Objet : L'éducation amicale

Un thé chez B... ce sera avec plaisir, donc. Et ce même si je n'aime pas cette boisson jaune. Aujourd'hui 15 heures ?

Juliencocacola

De julien_s@sciences-po.fr, ce 29 octobre 19**

LETTRE 204
Diane à Julien
julien_s@sciences-po.fr
Objet : Re : L'éducation amicale

Ça marche pour moi, je suis à la bibliothèque. Je t'attends pour déjeuner ?

Dianequimeurtdefaim

De diane_a@sciences-po.fr, ce 29 octobre 19**

TEXTOS
Paris, 29 octobre 19**

Julien à Diane, 13 h 58
Je vais avoir dix minutes de retard.

Diane à Julien, 13 h 59
Je suis au fond à droite

Julien à Diane, 17 h 45
Je suis un homme heureux. Diane est mon ange.

Diane à Julien, 17 h 46
Je flotte

Julien à Diane, 18 h 10
Qu'est-ce que tu fais ce soir ?

Diane à Julien, 18 h 11
Dîner chez mon grand-oncle

Julien à Diane, 18 h 11
? ? ? ? ?

Diane à Julien, 18 h 11
Tu veux qu'on aille voir l'expo Klimt demain ?

Julien à Diane, 18 h 12
OUI. Avec toi même si c'était de l'art abstrait ça me plairait. 15 heures ?

Diane à Julien, 18 h 13
OK

Julien à Diane, 01 h 34
Bonne nuit mon ange. Fais de beaux rêves.

Lettre 205
Jointe aux Lettres 203 et 204
Julien à Camille
À Paris

Non je ne suis point amoureux. Mais avouez qu'il aurait été fâcheux de la perdre alors que nous étions si près du but. Même si aujourd'hui je vous concède que votre idée d'amitié a fait ses preuves, j'ai eu peur que cela ne se retourne contre nous. Et si je me suis un peu emporté dans ma dernière lettre, c'est parce que vous n'êtes jamais là quand on a besoin de vous et que cela en devient agaçant.

Non je ne suis point amoureux, mais je file le parfait amour comme on dit. Jugez plutôt de ce qui m'est arrivé. Au désespoir parce que vous étiez introuvable, je me suis résolu à lui répondre lundi matin. Puisqu'elle me proposait un de ces éternels tiédasses et amers thés, je lui donnais rendez-vous pour le jour même. Je suis arrivé avec une demi-heure de retard.

Lorsque j'ai passé la porte vitrée, son visage s'est illuminé et alors j'ai su que nous avions eu raison. Rien de tel que d'éveiller l'esprit de contradiction d'une femme pour la faire tomber dans nos filets. J'ai tout de suite axé la discussion sur vous, sur notre merveilleuse amitié – embellie du mieux que j'ai pu des couleurs de la fraternité. On lit sur la figure de cette fille comme dans un livre ouvert. Elle a haï votre droit d'ingérence. Et puis je lui ai parlé d'elle, de son incroyable potentiel de deuxième meilleure amie, énumérant toutes les qualités qui font un bon camarade et qui sont autant d'insultes à celle qui se veut femme. Elle a tout écouté patiemment, un sourire aux lèvres. Et puis elle s'est jetée sur moi. Comme ça, sans prévenir. Sa petite bouche rose collée contre la mienne et un millier de baisers m'interdisant tout droit de réponse. J'ai fait l'étonné, l'ébahi, l'homme perdu, j'ai fait semblant de tomber raide mort, le nez dans ma tasse. Alors je lui ai rendu ses baisers, ravi, fou de joie et d'amour, comme si seul le délice de mordre ses lèvres avait pu me faire revenir de tous mes éloges du platonisme.

La suite ne fut que formalités, « Mais oui je t'ai toujours aimée » et autres « j'avais perdu espoir, l'amitié était mon dernier recours pour ne pas te perdre... ». Emballé c'est pesé.

Vous ne serez sans doute pas surprise qu'elle m'ait déjà donné des directives vous concernant. Dieu que les femmes sont possessives ! J'ai acquiescé à toutes ses prérogatives comme un nouvel amant.

Marquise de mon cœur vous savez bien que je ne reçois d'ordres que de vous. Aussi pardonnez-moi d'avoir été si impatient. Je jure de suivre chacun de vos conseils pour les suites de cette aventure.

Mais parlons un peu de vous. Les vacances touchent à leur fin ; ne souhaiteriez-vous pas faire quelques infidélités à vos amants du moment – Hegel et Kant s'entend ? Or pendant que je faisais le beau et que Diane me regardait avec des yeux frits, vous occupiez toutes mes pensées. Notre voisin de caféine était un fort charmant sciences-pipoteur et il a eu la décence de partir avant que la Belle ne se décide à me rouler une pelle. Il était en grande conversation avec elle avant que je n'arrive et il m'a semblé parfait pour vous. Il est dans mon cours d'histoire et la Troisième République l'ennuie. Je peux en faire mon ami en deux temps trois mouvements – je trahirai mes opinions politiques pour vous faciliter la tâche. Que diriez-vous d'une rencontre hasardeuse jeudi soir vers 17 heures ? Vous vous languissez d'une proie depuis trop longtemps. Dites oui. Venez me chercher à la sortie des cours et nous aviserons. Adieu ma digne et impitoyable amie. À jeudi.

De Paris, ce 1er novembre 19**

Lettre 206
Marie à Tess
tessbaby@hotmail.com
Objet : Chute du troisième étage

Veille de la rentrée. Sans réel enthousiasme. On ne peut pas dire non plus que j'aie pleinement profité de ces vacances. Des lectures et encore des lectures, une suite de mots barbares à digérer (un peu comme lorsque tu te demandais si les fonctions logarithmiques ça servait vraiment dans la vie, il sera difficile pour moi de caser « amphigouri » dans une conversation). Je ne sais pas ce qui restera de tout cela. J'ai remarqué que moins on mettait de temps à apprendre quelque chose plus on l'oubliait vite. Ça marche avec les langues. À la fin d'un été passé en Toscane tu parles couramment italien, au mois d'octobre il ne te reste que « pizza » et « salsicia » (si tu aimes les saucisses cela va de soi). Oh mon amie je ne veux pas retourner en cours demain, c'est trop effrayant. Je rêve de me casser une jambe. Il y a tant d'escaliers dans cette maison que ça ne serait pas difficile. J'ai entendu l'histoire d'une fille qui avait eu un grave accident de scooter exprès avant des examens juste pour qu'on prenne son excuse au sérieux. Elle s'est si bien débrouillée qu'elle a passé un mois dans le coma. Ces prépas rendent fou. Toutes les légendes sont vraies. L'autre jour Camille est allée travailler à la bibliothèque et une fille lui a planqué son bouquin. Non mais tu imagines un peu ? Heureusement que nous sommes toutes les deux. J'ai eu la bonne idée la dernière fois de vouloir sociabiliser, résultat on se retrouve avec un pot de colle (grand nez, acné et cheveux gras, elles sont toutes comme ça) à tous les déjeuners. J'espère que ses vacances lui auront fait oublier qu'elle était notre amie et que ce mail ne t'effraiera pas trop. Ils nous remplissent la tête et ça ne peut pas faire de mal au fond, c'est juste une histoire de distance et de sommeil. Il se fait tard. Oui justement il faut que j'aille dormir. Tu me connais, si je n'ai pas mes huit heures je deviens une mauvaise personne. Je t'embrasse ma petite Américaine. Donne-moi de tes nouvelles et fais bien attention à toi. Good night apple pie. Kiss Kiss

De marieaparis@wanadoo.fr, ce 2 novembre 19**

LETTRE 207
Alexandra à Esther
estherontherocks@ny-editions.com
Objet : Retour à la mine

Il est tard et je n'ai pas sommeil. Demain c'est la rentrée et je culpabilise à mort parce que j'ai seulement fait trente fiches de lecture au lieu de soixante-dix ! Comment vas-tu ? Comment va le beau Georges que je n'ai jamais vu ? J'ai passé la soirée d'hier avec Camille et Marie, on a bu des verres à Saint-Germain-des-Prés et on a raconté plein de mensonges au serveur : on avait vingt-cinq ans, on était toutes les trois enceintes... Il a fait semblant de nous croire. Une bonne soirée de n'importe quoi dans le vent de Paris. On a beaucoup pensé à toi. Tu es la plus courageuse des quatre. Toi au moins tu travailles ! Apprendre les thèses vaseuses des critiques littéraires qui n'ont jamais osé écrire un poème, à quoi ça sert ? Je me suis lancée dans une grande euphorie pro-pongienne, mais je crois que tu es la seule à partager cet enthousiasme-là. Tu me manques. J'ai envie de partir moi aussi. Même si j'ai rencontré un fou qui me fait voir la vie en rouge comme je l'aime pendant les vacances. Un type avec des yeux de feu, il en veut à la terre entière et j'adore être en colère avec lui. Ça me change un peu de Sacha qui s'automédicamentait et passait ses journées les yeux rivés sur le plafond à la moindre contrariété. Camille dit que je suis insupportable et enragée. Elle a raison, mais c'est comme ça que j'aime vivre ! Heureusement que je suis là pour la remettre dans le droit chemin de temps en temps. Elle me sort de ces trucs parfois, je la taperais. Si tu étais là tu comprendrais. Je vais peut-être venir à New York pour Noël. J'espère que tu vas bien, que tu « profites », comme dirait ma grand-mère carmélite.

Bonne nuit à la grande Esther, take care.

De alexarm@hotmail.com, ce 2 novembre 19**

LETTRE 208
Camille à Nini
À Cannes

Ninotchka, ta dernière lettre était illisible et pleine d'insultes. Je ne sais pas si j'arriverai à te comprendre longtemps si tu poursuis sur ce rythme-là. Je t'envoie des timbres, puisque tu les aimes tant. Ils sont vierges et n'attendent que d'être collés sur des enveloppes. Ta vie est un mystère pour moi. Tu cries trop. Je pense de plus en plus à toi comme à une enfant. Je suis sûre que cette phrase t'énervera. Je ne comprends pas pourquoi et surtout comment tu as décidé de vieillir, mais ta dégénérescence m'effraie. Je me demande toujours si tu fais ça pour qu'on s'occupe de toi. Maman dit que tu devrais venir vivre à Paris. On pourrait boire des kirs et manger des cacahouètes. Demain c'est ma rentrée des classes, j'ai hâte d'y être. Un peu maso ta petite Camille. Cette prépa est la meilleure chose qui me soit jamais arrivée, tu sais. Essaie de venir à Paris, au moins pour Noël. C'est glauque Cannes l'hiver, et c'est l'enfer l'été, je sais, mais ça me ferait vraiment plaisir de te voir.

Je t'embrasse, fais bien attention à toi, ma Nini.

De Paris, ce 2 novembre 19**

TEXTOS
Paris, 4 novembre 19**

Julien à Diane, 12 h 35
Où es-tu ?

Diane à Julien, 12 h 35
Cours d'éco. L'URSS entre les deux guerres. Ennui mortel

Julien à Diane, 12 h 36
Tu déjeunes avec ton amoureux ?

Diane à Julien, 12 h 36
C'est qui ?

Julien à Diane, 12 h 37
Moi, à moins que je ne m'abuse.

Diane à Julien, 12 h 45
Je suis sortie. Je t'attends chez B... Il faut qu'on parle

Julien à Diane, 12 h 45
J'accours, mon Amour.

Lettre 209
Julien à Camille
À Paris

Alors. Alors ? Marquise chérie, comment l'avez-vous trouvé ? Laissez-moi deviner. Bien, mieux que cela, parfait, drôle, empressé, courtois, bel homme et petit. Un Mèche-sur-l'œil en miniature. Moquons-nous de lui dès le départ cela nous évitera quelques désillusions. Je savais qu'il vous plairait. Pas parce que c'est un minet en Tod's, mais il est vif et nous savons que rien n'est plus important à vos yeux. Quant à lui, il vous aime déjà. Il m'a demandé votre numéro de téléphone, je lui ai donné votre adresse. Notre jeu ne quitte pas mes pensées. Celui-là saura vous écrire, j'en mettrais ma tête à couper. C'est un cynique, donc un amoureux qui s'ignore. Un Danceny qui aurait déjà pris quelques claques. Mûr en somme et encore assez joyeux pour que vous puissiez faire de lui un homme triste. À vous entendre tous les deux parler de la loi Méline et du plan Freycinet, je me suis dit que j'avais fait mouche. J'attends ce premier trophée avec impatience. Sa lettre suivra-t-elle un plan en trois parties ? J'ose l'espérer.

Parlons un peu de moi. Diane n'est point celle que je croyais. Hier nous avons déjeuné ensemble. La grande révélation, l'heure de vérité. La Belle m'a annoncé qu'elle menait une double vie. Un rival me direz-vous. Le fait est que j'en ai été très fâché. Parce qu'elle n'a pas encore « fait son choix », pour la citer dans le texte. Après tous les concours que l'Éducation nationale m'a forcé de passer, il faut encore que je me batte et que j'excelle. Cela en devient fatigant. Quand on intègre une école on se dit que c'est dans la poche, c'est sans compter sur tous les gens qui ont un esprit de comparaison. Le méchant se prénomme Rodolphe – quel nom ridicule – et il est à Lyon. Gloire à la décentralisation. Il n'a pas beaucoup d'argent et ne peut pas venir tous les week-ends à Paris. Gloire au système tarifaire de la SNCF. Ils s'aiment depuis la classe de troisième et c'est la première fois qu'elle le trompe – elle en avait les larmes aux yeux, la pauvre choute. Je lui aurais collé une baffe si nous n'avions pas été dans un lieu public. Bref elle hésite, elle doute, elle est perdue. Je suis resté très silencieux. Je pensais à vous. Je me disais que nous avions rendez-vous le soir même et qu'alors vous alliez m'aider à défaire les nœuds de cette histoire – et les boutons de ma chemise, pardonnez-moi. Mais ce cher Hadrien vous a accaparée tout le temps que vous avez daigné vous asseoir à nos côtés. Maintenant vous êtes à Marseille pour le mariage d'une absurde cousine et je renonce à composer votre numéro de téléphone.

La laisser prendre sa décision seule ? Lui envoyer un bouquet de roses rouges accompagné d'une citation vaseuse sur l'amour fou ? La mettre au pied du mur et la menacer ? Faire comme si de rien n'était ? En jouer ? Trouver Rodolphe et le provoquer en duel ? Trouver Rodolphe et devenir son meilleur ami ? Inviter Rodolphe à danser le rock – le bougre est à Paris ce week-end, il a cassé sa tirelire – et embrasser Rodolphe sur la bouche ? Ma pauvre tête s'emballe. Je ne supporte pas l'idée qu'elle passe la nuit prochaine dans ses bras. Qu'il la profane avec son vieil amour d'habitudes.

Vous êtes trop loin et il est trop tard. Me voilà donc célibataire pour quarante-huit heures. Je m'en vais tomber amoureux de la première inconnue qui voudra bien partager mon lit. Bonne nuit mon amie. Je suis sûre que vous serez très belle avec un chapeau sur la tête. Qu'est-ce qu'un mariage sinon un défilé de pailles ?

De Paris, ce 5 novembre 19**

LETTRE 210
Hadrien à Camille
À Paris

J'ai demandé ton numéro de téléphone.
Bien sûr que je l'ai demandé.
C'est comme ça qu'il faut faire.
C'est comme ça qu'on fait.
Aujourd'hui.
Tu n'es pas de cette époque.
Julien l'a bien compris.
Je l'ai compris aussi.
Il m'a donné ton adresse.
Une lettre donc.
Une lettre pour se présenter, pour se dire par écrit.
Une lettre ça fait moins peur.
Un beau papier, une enveloppe doublée.
Un peu de style, deux trois virgules bien placées, et le tour est joué.
Qui es-tu Camille ?
Une fille qui reçoit des lettres et qui porte des chapeaux sans vergogne.

Une étudiante qui sourit beaucoup et qui parle de 1892 comme si c'était hier.
Une fille qui m'a plu.
C'était facile.
Il m'a donné ton adresse et je m'en suis servi.
Tu vois je n'ai pas peur de toi.
Tu souris trop pour pouvoir être sincère.
C'est ça qui m'a plu, vois-tu ?
Ça n'est pas si facile.
Voudras-tu m'embrasser lorsque tu cesseras de montrer tes canines ?

De Paris, ce 6 novembre 19**

Lettre 211
Jointe à la Lettre 210
Camille à Julien
À Paris

Certes, il n'a pas tardé. En revanche, la question se pose de savoir pourquoi il ne m'a pas donné son adresse. Le très cher ange est sur liste rouge qui plus est. J'hésite à vous demander de vous la procurer, ou d'organiser une seconde rencontre. Faut-il que je lui réponde par les voies de l'esprit ? Tant pis pour lui. S'il veut faire le malin et me rendre la vie « pas si facile », il n'aura rien. Qu'en pensez-vous ? Oui il m'a plu. Oui il est petit. Napoléon l'était aussi. Saviez-vous que les violettes étaient ses fleurs préférées ? Symboles de modestie, la sublime ironie. *Le Lys dans la vallée* oblige, j'ai appris le langage des fleurs. J'attends toujours que vous m'envoyiez des roses blanches. À croire que l'amour platonique n'est pas de votre ressort. J'ai passé un merveilleux week-end bouillabaisse et meringue. La mariée était jolie. Les deux familles ont tu leurs querelles intestines le temps d'une valse. Tous mes cousins étaient là, ivres. Et j'ai bu plus que de raison, je l'avoue, mais le marin breton qui est en moi a tenu bon. Le prêtre était chinois et savait à peine prononcer le nom des mariés. Mon beau-père et moi avons été pris d'un fou rire incroyable entre le Notre-Père et la bénédiction finale. Vous n'en avez que faire. Je sais. Votre Diane s'est fait caresser toute la nuit d'avant-hier et vous êtes resté impuissant. Vous attendez mon verdict ? Je ne crois pas à votre histoire d'inconnue. Laissez-moi vous dire comment vous avez passé votre samedi soir. À vous morfondre une télécommande à la main, très cher Vicomte. Cette petite ne s'est pas encore donnée à vous, et elle vous a fait partager ses doutes angoissés. Entre nous, vous auriez dû la gifler. Que Rodolphe soit un pantin ou un apollon, vous n'auriez pas dû tolérer ses incertitudes. Ainsi vous êtes resté silencieux. Vous l'avez laissée partir ? Vous avez été faible. Vous êtes amoureux. Je serais même prête à parier que vous ne lui voulez aucun mal. À quand le pavillon en banlieue, le Range Rover et le labrador ? Oui, c'est cela, laissez-la faire son choix de jeune femme qui a cru connaître l'amour à quatorze ans et qui se sent terriblement coupable en aimant un garçon qui la fixe en cours cinq ans plus tard. Courez lui acheter une bague et mettez-vous à genoux. Elle sera tout à vous. Oublié le Rodolphe ! Pourvu que la bague soit belle, le Julien lui fera trois gosses dans la foulée. Je vous souhaite tout le bonheur du monde. J'espère que vous aurez la décence de me prier d'être votre témoin. Bonne nuit, Vicomte, que tous vos rêves de cœur se réalisent. Après tout, il fallait bien qu'un jour nous devenions des adultes.

De Paris, ce 8 novembre 19**

Lettre 212
Jointe à un bouquet d'orchidées
Julien à Camille
À Paris

Vous aimez que l'on vous nomme perfide ? Perfide vous l'êtes mon orgueilleuse amie. Je vous demande humblement de me conseiller. Vous m'envoyez une lettre d'insultes. Combien de fois faudra-t-il vous dire que je ne suis pas amoureux ? Camille. C'est un prénom d'homme, vous êtes lâche, dure et cynique comme un homme. Vous aimez les femmes et mieux que cela, vous faites l'amour aux hommes comme un homme. Savez-vous au moins pourquoi les vraies femmes simulent ? Parce qu'elles culpabilisent, parce que même si elles donnent leur corps à un incapable c'est celui qu'elles ont choisi. La joie d'une femme qui aime vous voir jouir vaut tous les orgasmes que vous auriez pu lui donner. Les hommes ne sont pas dupes. Mais ils savent que lorsqu'une femme leur donne du plaisir, elle s'oublie elle-même. Vous êtes pire qu'une mante religieuse, jamais je n'ai vu une femme prendre son pied aussi égoïstement que vous.

Vous me reprochez d'avoir laissé Diane voler dans

les bras de son abruti d'amoureux de jeunesse. Vous êtes toujours plus maligne que tout le monde. Je vous pose la question franchement, qu'auriez-vous fait ? Ce genre de situations mérite de véritables plans de bataille. J'ai bêtement cru que vous alliez m'aider dans leur élaboration. Depuis, sachez que je ne lui ai pas adressé la parole, pour être franc, je l'évite. Mais à quoi bon vous raconter mes (més)aventures ? Vous n'êtes que mépris. Je vous hais ce soir Marquise.

PS : Je joins à ma lettre l'adresse de votre empereur homosexuel ou serait-ce le mari de la belle Ariane ? L'avenir en décidera.

De Paris, ce 9 novembre 19**

LETTRE 213
Camille à Hadrien
À Paris

Mes canines sont à toi.
Viens t'en emparer, lorsque bon te semblera.

De Paris, ce 10 novembre 19**

TEXTOS
Paris, 12 novembre 19**

Diane à Julien, 01 h 23
Je n'ai pas sommeil ce soir. Je pense à toi. J'ai quitté Rodolphe

Julien à Diane, 08 h 30
Sur le chemin de la mine, je m'interroge.

Diane à Julien, 08 h 45
Je crois que je suis amoureuse de toi

Julien à Diane, 08 h 45
Pourquoi l'as-tu quitté ?

Diane à Julien, 08 h 45
À cause des papillons

Julien à Diane, 12 h 45
Tu es libre pour le déjeuner ?

Diane à Julien, 12 h 45
Tout de suite, chez B... ?

Julien à Diane, 12 h 46
Je t'attends.

LETTRE 214
Hadrien à Esther
estherontherocks@ny-editions.com
Objet : Camille

Ma douce Esther,
Comment se portent tes rouges bottes ?
Aiment-elles le bitume de Manhattan mieux que les pavés parisiens ?
Ta sœur m'a dit que tu travaillais beaucoup et bien.
J'ai confiance en toi.
Tu nous manques.
Je te sens heureuse.

Je me trompe peut-être.
J'ai parlé à ton amie Camille.
Une rencontre fortuite au café qui fait l'angle de la rue de Sciences po.
Elle ne m'a pas reconnu.
Je vais la voir ce soir.
Elle m'intrigue.
Parfois elle a des gestes qui sont les tiens.
J'espère que tu ne te sens pas trop seule.
Je crains la solitude.
La vie passe vite ces temps-ci.
Prends soin de la tienne.
Je t'embrasse.

De hadrien_d@sciences-po.fr,
ce 13 novembre 19**

LETTRE 215
Jointe à la LETTRE 213
Camille à Julien
À Paris

Depuis quand avez-vous décidé de jouer contre moi ? De me piéger tout bonnement. Oh ! La bonne surprise. Oh ! Le bon tour. Moi qui croyais à une réconciliation sincère l'autre soir au téléphone. J'imagine que vous en avez ri aux larmes. Hadrien et vous, réunis dans un complot infernal. Moi vous attendant sous la pluie battante. Votre portable éteint, comme de bien entendu. Et l'empereur qui débarque pour me sauver des eaux : « Julien ne viendra pas, il m'a demandé de le remplacer. » La bonne nouvelle ! Charmant. Je vous passe le dîner, les vodkas goyave et le grand jeu de la séduction. Je vous ai appelé à 4 heures du matin pour vous rejoindre. J'ose espérer qu'une certaine Diane s'occupait de vous à ce moment-là, sans quoi vous seriez impardonnable. Je n'aime pas que l'on me force la main, Vicomte. Je n'ai pas embrassé votre nouvel ami. Il s'en est allé la tête basse et le cœur embrouillé. Sachez que je ne compte pas l'embrasser : ce sera votre punition. Je vous fais confiance pour lui faire espérer le contraire. Je m'en vais le séduire de manière acharnée. Il faudra me vendre comme une prude, ou comme une repentie. Tout dépend de ce que vous lui avez déjà dit à mon sujet. Au fond, je ne vous en veux pas, j'ai tout de même passé une très bonne soirée. J'ai hâte de savoir ce que vous avez fait de la vôtre. Lui avez-vous dit qu'elle portait une très belle robe... et que vous aimeriez voir cette dernière jetée en boule au pied de votre lit ? Mais peut-être que vous n'usez pas des mêmes répliques pour séduire toutes les femmes qui croisent votre route ? Surtout s'il s'agit d'une Vraie Femme qui simule. Faute de la faire jouir, je m'en remets entièrement à vous pour savoir la ménager.

Bonne nuit, mon exécrable ami. Voyons-nous tantôt, si vous le voulez bien : je vous ferai l'amour comme un homme.

De Paris, ce 14 novembre 19**

Lettre 216
Diane à Rodolphe
À Lyon

Cette lettre te surprendra certainement, mais on ne peut pas envoyer ces choses-là à une boîte e-mail. Je sais que tu gardes tout, de manière très désordonnée, et que toi seul t'y retrouves. Est-ce qu'on garde une lettre de rupture ? Car c'en est une. Mon cœur se brise à cette seule idée. Rodolphe, mon amour. Je ne viens pas te demander pardon. Je ne viens pas te donner des explications. Juste t'avertir. T'écrire que j'en aime un autre et que plus rien ne sera jamais plus possible entre nous. Tu as été mon premier amour. Nous avons partagé tant de choses qu'il m'est impossible aujourd'hui de dire pourquoi je t'aime encore et pourquoi je ne t'aime plus. Je connais toutes tes manies, tous tes accès de colère, tous tes sourires et tous tes mouvements de tête. J'aimais te voir te préparer le matin. Comment cesser de te chérir ? Tu te rasais vite et tu enfilais le premier pantalon qui te tombait sous la main. À midi, tu n'as jamais faim. Je ne sais plus quel temps employer pour te décrire. Tu adores lire, mais le moindre froissement de vent te déconcentre. Alors tu en veux à la terre entière. Tu m'as fait découvrir la poésie et les sushis... Voilà bientôt trois mois que nous ne nous voyons plus tous les jours et pourtant, à chaque minute, je t'ai imaginé. En retard ou en avance à te dire : « J'ai encore le temps de me griller une cigarette avant d'entrer en cours. » Je t'ai pensé pensant à moi... Quelles images gardais-tu ? Est-ce que tout cela était fixe ? As-tu regardé d'autres filles en attendant le vendredi soir ? Mais ça n'est pas l'effet longue distance qui me pousse aujourd'hui à me séparer de toi. C'est beaucoup plus simple que cela. C'est l'Amour. L'Amour qui détruit tout. Appelle cela du désir, de l'ennui, de l'impatience... je suis une femme fidèle pourtant. Et c'est pour cela que je te quitte aujourd'hui. Par respect pour toi et pour tout ce que nous avons vécu. Pour tous nos rires fous et pour cette complicité qui était la nôtre. Comment vivre une passion sans t'en avertir ? J'aurais tant besoin de confier mon bonheur à quelqu'un et tu es la seule personne qui me connaisse assez pour pouvoir le comprendre. Mais voilà, tu es Rodolphe, celui qui m'a demandée en mariage le week-end dernier. Ne pense surtout pas que c'est toi qui as tout gâché et que si tu ne m'avais pas mise au pied du mur nous serions encore ensemble aujourd'hui. J'étais déjà amoureuse de lui. Cette demande m'a forcée à ouvrir les yeux. À chaque baiser, je te trahissais et c'était plus insupportable que tout ce que j'aurais pu imaginer. Je ne peux pas être ta femme, je voudrais être ton amie, et peut-être qu'un jour ce sera chose possible, si je survis à tout cela. Je choisis chacun de mes mots. Le papier les couche pour toujours. J'ai tellement peur de te faire du mal. De nous faire du mal. Je ne veux pas que tu te souviennes de moi comme d'un amour de jeunesse que tu aurais voulu garder pour toute la vie et qui se serait enfui à la première proposition de sérieux. Je suis une jeune femme qui t'a aimé et qui est tombée amoureuse d'un autre. C'est tout.

Prends soin de toi, mon amour. Et ne te rase donc pas si vite, les lames ça coupe.

De Paris, ce 14 novembre 19**

Lettre 217
Marie à Tess
tessbaby@hotmail.com
Objet : Ton cœur en miettes

Sweet little darling je suis désolée. Et tu as raison l'attitude de ce jeune homme est peu compréhensible (surtout l'histoire du pendentif). C'est toujours difficile de trouver les bons mots pour parler à quelqu'un de sa rupture (d'autant plus quand on n'est pas une experte en la matière). Je pourrais te dire « un de perdu dix de retrouvés » ou encore « avec le temps tout passe », « il ne sait pas ce qu'il perd », « il le regrettera »... D'après ton mail j'ai l'impression que tu as envie que je t'affirme qu'il t'a trompée (mais les faits que tu avances sont loin d'en être des preuves irréfutables) et qu'il t'aime encore (ce qui serait contradictoire si l'on tient compte de la première proposition). Je ne sais pas mon amie. Je voudrais simplement que tu ne souffres ni ne pleures et que tu le laisses à ses contradictions. Pense à toi, protège ton cœur de sable et mets-toi la tête à l'envers (en soirée ou à tes cours de yoga), bref change-toi les idées (plus facile à dire qu'à faire je sais). Take care et envoie-moi de tes nouvelles (bonnes ou mauvaises, les amis c'est fait pour ça). Kiss Kiss

De marieaparis@wanadoo.fr,
ce 14 novembre 19**

Lettre 218
Camille à Hadrien
À Paris

Merci pour ces goyaves pressées. Merci pour cette soirée. Je ne sais plus trop quoi penser. Si entente parfaite il y avait ? Que ferions-nous alors ? Il faudrait nous embrasser et je n'y tiens pas plus que toi. Si tu le veux pourtant, il faudra aviser. S'aimer c'est facile à faire, c'est beaucoup plus difficile à vivre. Je sourirai quoi qu'il advienne, après tout on dit que c'est la plus belle manière de montrer ses dents à son adversaire.

Mercredi, je sors de cours à 15 heures ; nous pourrions aller visiter la Sainte-Chapelle. Le gothique flamboyant a du bon, tu sais.

De Paris, ce 15 novembre 19**

Textos
Paris, 15 novembre 19**

Julien à Diane, 17 h 40
Je t'ai cherchée partout. J'espère que tu n'es pas malade. Appelle-moi s'il te plaît.

Diane à Julien, 22 h 10
Je suis triste

Julien à Diane, 22 h 10
Je peux t'appeler ? Je suis inquiet.

Diane à Julien, 22 h 11
C'est gentil, mais j'ai besoin d'être seule

Julien à Diane, 22 h 11
Tu viendras en cours demain ?

Diane à Julien, 22 h 13
Oui. Bonne nuit

Julien à Diane, 22 h 13
Bonne nuit Princesse. À demain. Je t'aime.

Lettre 219
Julien à Camille
À Paris

Je viens de recevoir votre lettre. Oui la ruse était grosse, mais elle était bonne. J'ai toujours eu confiance en vos talents d'improvisatrice. Et je sais que vous ne vous êtes fâchée que pour la forme, car vous adorez ce genre de situation, pluie ou non. En revanche je ne comprends pas pourquoi vous n'avez pas voulu l'embrasser. Vous que ce genre de choses n'effraie pas – d'ordinaire j'entends. Rassurez-vous je n'avais fait que lui esquisser votre portrait, je vous vendrai comme une prudente prude à la prochaine occasion. Ainsi vous deviendrez Merteuil et notre Livre prendra toute sa force. C'est chose réglée.

Parlons un peu de la Tourvel si vous le voulez bien. Je vous avais dit qu'elle avait quitté son Rodolphe et qu'elle s'était littéralement jetée sur moi. Le triomphe n'aura été que de courte durée. C'était par désespoir qu'elle m'avait tendu ses lèvres, pour commettre l'irréparable en quelque sorte. Elle ne l'avait quitté que « dans sa tête » – le bougre l'avait demandée en mariage. Elle lui a posté sa décision samedi et m'a appelé dans la foulée. Heureux, sans savoir, je suis parti la rejoindre. C'est alors que j'ai appelé Hadrien pour qu'il me remplace – je n'allais tout de même pas gâcher votre précieux samedi soir alors que le bonheur me tendait les bras. Si vous saviez comme je l'ai regretté ! J'ai passé ma nuit à consoler la Fragile. C'est toujours émouvant de faire pleurer une femme, mais lorsqu'elle gémit pour un autre cela devient vite insupportable. Elle a refusé tous mes baisers, elle n'a fait que se plaindre et s'accuser. Vers 4 heures du matin la jalousie m'étouffait, je songeais à vous rejoindre et mon portable a sonné. Une fois de plus c'est vous qui m'avez sauvé. « Qui t'appelle à une heure pareille ? » demanda-t-elle en cessant soudain de sangloter. « Camille », lui répondis-je presque soulagé de pouvoir enfin prononcer un autre prénom que celui de son abominable Rodolphe. Cette fille est étrange. Je me demande même si elle n'est pas un peu hystérique, elle passe sans scrupule d'un état à un autre. Oui Marquise nous avons fait l'amour, grâce à Vous. Je ne vois pas d'autre explication. Ce fut un joyeux, gentil événement – une juste récompense pour toutes les peines que j'avais endurées. Je ne saurais vous dire si elle fut une « vraie femme ». J'imagine votre magnifique moue à l'instant même. Marquise de mon corps vous savez bien que j'adore vous faire l'amour et que l'homme qui écrit n'est pas celui qui vit. Pour terminer ma petite histoire, sachez que la situation s'est à nouveau renversée et que notre réveil fut douloureux. Elle a ouvert ses yeux bleus et ils se sont emplis de tristesse à l'instant même. Elle n'est pas venue en cours lundi et a refusé de me parler. Nous avons pris un café aujourd'hui – que j'ai écourté tant sa culpabilité m'ennuyait. Je ne sais plus quoi lui dire, je ne sais plus comment la prendre. Je la voudrais heureuse et tout à moi. Sciences-Po ne me laisse aucun répit, je croule sous les dissertations et je rêve de passer une nuit réparatrice entre vos bras.

Voilà, ma chère amie, les idées qui me tourmentent, et sur quoi je réclame vos conseils. Adieu très belle Camille, ne doutez jamais de la sincérité de mes sentiments.

De Paris, ce 16 novembre 19**

LETTRE 220
Esther à Hadrien
hadrien_d@sciences-po.fr
Objet : Re : Camille

Ainsi, Paris est tout petit et Camille t'intrigue... Je ne sais pas si tu comptes sortir avec elle, mais ce serait vraiment drôle. Je te laisse faire, aux dernières nouvelles, elle était encore célibataire. Dépêche-toi, ça ne dure jamais très longtemps. Tu me raconteras.

Quant à moi, je travaille, je me débrouille. Mon amoureux est le plus doux, le plus aimant des hommes et cette ville laisse doucement trottiner mes bottes le long de ses avenues. Je sors beaucoup, je regarde le ciel. Paris ne me manque pas encore, il y a trop de choses à vivre ici. Samedi soir, j'ai découvert un chorégraphe incroyable qui fait danser des hommes les bras collés le long du corps avec du scotch noir.

C'était magnifique. Je viendrai pour Noël. En attendant porte-toi bien, petit poucet, ne travaille pas trop, tu seras ambassadeur quoi qu'il arrive, j'ai confiance en toi.

Je t'embrasse.

De estherontherocks@ny-editions.com,
ce 16 novembre 19**

LETTRE 221
Hadrien à Camille
À Paris

Princesse des goyaviers,

Tout le plaisir était pour moi.

J'adore les filles qui trottinent en escarpins dorés sous la pluie.

Comment se portent tes pieds ?

Ils avaient mal, la dernière fois que nous nous sommes quittés.

J'accepte joyeusement ton invitation pour mercredi.

Étant donné que nous sommes déjà mardi, je te l'annoncerai de vive voix.

J'espère que tu n'auras pas changé d'avis entretemps.

Si je t'écris cette lettre, c'est juste pour nous immerger dans des anachronismes.

Chaque jour compte, et la poste parisienne me plonge dans des délires de prédictions.

Ainsi, je peux t'écrire que je suis amoureux de toi et ne rien te dévoiler demain.

Tu rentreras de notre promenade un peu déçue.

Le lendemain tu sauras que tout cela n'avait été que feint.

Que si je n'ai pas tenté de t'embrasser, ça ne sera pas faute d'en avoir rêvé toute la nuit de la veille.

La nuit qui s'annonce sera douce en effet.

Je rêve souvent éveillé.

Bonne nuit, très chère Camille, j'espère que demain, ou serait-ce aujourd'hui ? nous aurons fixé un rendez-vous pour très bientôt.

De Paris, ce 16 novembre 19**

LETTRE 222
Jointe aux LETTRES 218 et 221
Camille à Julien
À Paris

Je reviens d'une promenade enthousiasmante au Palais de Justice. Vous savez à quel point j'aime tout ce qui est solennel. Ce qui me fait penser amèrement, mon tendre Vicomte, au fait que je suis plus rigoureuse que vous. Je parle du respect des traditions. En effet, toutes mes lettres sont couplées de trophées et les vôtres brillent par leur solitude. Cette Diane ne vous écrit-elle donc jamais ? Ou ne voulez-vous pas qu'elle vous écrive ? Car je ne peux imaginer que vous me cachiez ses écrits. Comment vous conseiller si je n'ai qu'une seule version des faits ? Non pas que je doute de l'objectivité de vos récits. Je me languis d'un billet de la Belle. Je ferais feu de tout bois : un e-mail me suffirait. Il faut vivre avec son temps, m'a dit ma mère dernièrement. Et je me perds. Genette m'obsède avec sa diégésis, ses prolepses et ses analepses. Il faudrait pouvoir écrire un livre en une journée qui raconterait une histoire d'une journée et qui se lirait en une journée. Tout synchroniser, et révolutionner la littérature. Proust serait bien boulé.

Des conseils donc. Admettons que vous ne soyez pas amoureux. Admettons que vous ne me cachiez aucune des lettres de l'Indécise, et qu'elle soit jalouse de moi, comme vous l'avez si délicatement fait entendre. Cette perspective ne me réjouit pas plus qu'une autre, mais vous êtes un homme simple et je vous pardonne. Grâce à moi donc, vous avez fait l'amour médiocrement : « Ce fut un joyeux, gentil événement. » La belle litote ! Auriez-vous peur de moi ? Auriez-vous peur de perdre ? Quelque chose, quelqu'un, un jeu d'adolescents ? Perdre si vous m'avouiez que cette fille vous tourne les sangs, et que la sentir s'abandonner était la seule chose à laquelle vous aspiriez depuis ces derniers mois ?

Aimer vraiment ne m'a été permis qu'une seule fois, et perdre Marie m'avait fait comprendre toute la futilité de notre jeu. Heureusement pour nous, vous avez su faire parler mon orgueil, et vous savez que je m'aime plus que tout être au monde. Vous m'avez montré la voie du rétablissement : transformer mon chagrin en haine. Je me suis promis qu'une fois que vous auriez souffert par ma faute autant que j'ai souffert par la vôtre, alors seulement ma blessure aurait cicatrisé. Je ne fais pas machine arrière, je vous lance juste un ultime avertissement : si vous aimez cette fille, dites-le-moi, et mes conseils tâcheront du mieux qu'ils peuvent de vous rendre heureux avec elle. Je ne le fais pas pour vous, je le fais pour moi. Si vous persistez cependant, si vous niez toujours votre amour, alors je serai sans pitié. Diane est une jeune fille fragile, il y a quelque chose de trouble dans son regard d'océan, et ça n'est pas Rodolphe qui en est la cause. Cette femme pourra oublier sa tristesse si vous vous y prenez correctement. Jusqu'à présent, vous avez agi comme un imbécile.

Adieu, Vicomte ; songez que, placé où vous êtes, le temps est précieux : je vais employer le mien à m'occuper du malheur d'Hadrien.

De Paris, ce 17 novembre 19**

TEXTOS
Paris, 17 novembre 19**

Julien à Diane, 09 h 12
Je suis en avance. J'ai rêvé de toi. Où es-tu ?

Diane à Julien, 09 h 12
Dans le métro. En retard. Quel rêve ?

Julien à Diane, 09 h 13
Nous dansions. Une valse. Trop long à expliquer. Je t'aime.

Diane à Julien, 09 h 13
Moi aussi je t'aime

Julien à Diane, 09 h 14
Je ne veux jamais te faire de mal.

Diane à Julien, 09 h 16
Le mal est déjà fait

Lettre 223
Diane à Julien
julien_s@sciences-po.fr
Objet : Les Caprices de Diane

La bibliothèque est vide. Je voudrais t'écrire que je t'aime. Parce que c'est la vérité. Ça n'est pas tant Rodolphe le problème. Ça n'est pas toi, non, ne pense surtout pas ça. Je suis sur le bord de la falaise. Ma famille est fière de moi. J'ai intégré une Grande École. Le vide sous mes pieds et rien pour me dire ce qui serait la voie à suivre. Faire carrière, devenir une employée d'EDF modèle. Si je ris rarement à tes blagues, c'est parce que je ris trop souvent toute seule. Je ne sais pas pourquoi je t'aime. Je ne sais rien de moi. Je fais souffrir Rodolphe qui m'envoie des textos absurdes, je suis une femme inconséquente. Je l'aime lui aussi. J'ai peur de l'avenir. Faire l'amour avec toi était la chose la plus violente qui me soit jamais arrivée. Mon cœur pleurait et mon corps criait de joie. Je veux t'appartenir. Être ta femme. Notre amour sera plus fort que tout. Il me sauvera.

Dianequin'aspirequ'àdépendredetoi

De diane_a@sciences-po.fr,
ce 18 novembre 19**

Lettre 224
Hadrien à Esther
estherontherocks@ny-editions.com
Objet : Re : Re : Camille

Ma chérie, je suis amoureux.
Camille m'a fait visiter la Sainte-Chapelle.
C'est un endroit incroyable, entre or et lumière.
Elle fait de moi ce qu'elle veut.
Je n'ai pas peur.
Je ne la voudrais même pas pour moi tout seul.
Je l'aime libre.
Elle te ressemble.
Elle souffre de partout et refuse qu'on la soigne.
Esther mon amie, dis-moi.
Cette fille-là saura-t-elle me faire souffrir ?
Esther, ma douce Esther.
Que fais-tu là-bas ?
J'ai peur pour toi.
Tu n'es pas faite pour la solitude.
Il n'y a que les lâches pour la supporter.
Dis-lui de m'embrasser.

De hadrien_d@sciences-po.fr,
ce 18 novembre 19**

Lettre 225
Alexandra à Esther
estherontherocks@ny-editions.com
Objet : De l'usage des verbes déponents

Cette prépa m'aura au moins enseigné l'art de la scissiparité ! Se fragmenter spontanément, disons pour ma part contrainte et forcée, pour aboutir à une multiplication. Oui, j'observe ces jours-ci mon cerveau se déplier comme un éventail et brasser tout ce qui vient à sa portée. Des bouffées de connaissance. Les professeurs les exhalent très haut dans le ciel en espérant qu'elles viendront s'abattre sur nos têtes. Tous ceux qui se plaignent et disent que les classes préparatoires aux grandes écoles sont un enfer sont des pingouins ! Esther, la banquise est bien loin. J'exulte. Cours de latin aujourd'hui. On m'a expliqué comment une simple tournure grammaticale pouvait faire qu'une citadelle assiégée soit active dans sa passivité. Un peu comme une femme qui dirait « oui » quand on la demande en mariage. Nous étions trente à partager cela. La prof apocopée trépignait de joie sur son estrade. Grandiose ! Esther, mon amie, il faut étudier les langues. Il faut comprendre une grammaire pour comprendre un peuple. Et toi qui parles anglais, il faut que tu réfléchisses à cela. Lire ne suffit pas, il faut prendre un scalpel et tout charcuter. Ce soir, Camille et Marie viennent dîner à la maison. Elles ont l'air aussi épuisées que moi. Je te raconterai. Je t'embrasse. Tu vas nous manquer.

De alexarm@hotmail.com, ce 19 novembre 19**

Lettre 226
Esther à Alexandra
alexarm@hotmail.com
Objet : Dîners parisiens

Alexandra des tulipes, toujours aussi enthousiaste et exaltée. Fais attention tout de même avec le latin, nous sommes à l'aube du XXIe siècle. Mais oui, mon amie, promis, je réfléchirai à la grammaire anglo-saxonne. As-tu au moins conscience que pour n'importe quelle personne qui n'appartiendrait pas à ton monde, le mail que tu m'as envoyé est un amas d'âneries incompréhensibles ? Passons. Tu vas dîner avec Camille et Marie. Décalage horaire aidant, tu dînes peut-être en ce moment même. Si ton ordinateur est encore allumé, ça me ferait très plaisir que vous me répondiez. J'aurais l'impression d'être de la partie. Je suis au bureau et je croule sous des montagnes de livres. Le bonheur. J'ai de plus en plus de responsabilités. Il suffit d'être motivé dans ce pays. Mon amour est plus que jamais mon amour. Je sors beaucoup. New York est une ville très active, elle accueille tout ce qui est neuf. L'avidité peut être une qualité. Tu en es la preuve vivante. Je ne vais pas prêcher une convertie. Je t'embrasse. Passe une bonne soirée avec les copines.

De estherontherocks@ny-editions.com,
ce 19 novembre 19**

Lettre 227
Alexandra, Marie et Camille à Esther
estherontherocks@ny-editions.com
Objet : On pense à toi

Alexandra : Esther ! Tu es là ? On vient de recevoir ton mail.

Marie : Ça a fait « Brouing, you have a mail ».

Camille : On boit du vin. Tu travailles ?

Esther : Oui, je travaille. Alors, il est bon ce vin ?

Alexandra : Marie l'a pris dans la cave de ses parents. Pas mal du tout !

Marie : Pessac-léognan 86.

Camille : Tu vas bien, choupidou ?

Esther : Je vais très bien. Vous me manquez. Comment se passe la prépa à F..., aussi merveilleux qu'à M... ? Vous ne donnez pas souvent de vos nouvelles.

Camille : Les ordinateurs ça n'a jamais été mon truc. Oh la bonne excuse ! En vrai, on pense tout le temps à toi.

Marie : Est-ce que New York est toujours New York ?

Esther : Une ville qui ne dort jamais, c'est parfait pour une insomniaque comme moi.

Question pour Camille : qu'est ce que tu bidouilles avec Hadrien ?

Camille : Les nouvelles vont vite. De quoi, de comment, d'où tu connais Hadrien ?

Esther : C'est un des meilleurs amis de ma sœur et je le connais depuis que j'ai trois ans. Tu l'as déjà croisé chez moi, mais apparemment il ne t'avait pas laissé un souvenir impérissable... Je réitère ma question.

Camille : Je l'aime beaucoup. On se balade. R.A.S.

Esther : Fais attention à lui tout de même. Il s'attache vite.

Camille : Oui, merci, j'avais remarqué.

Alexandra : Mis à part le fait que Camille, grâce à toi ! va devoir nous faire un petit résumé des épisodes précédents dans le quart d'heure qui va suivre, tu vas vraiment bien ?

Marie : Elle s'inquiète toujours (pour tout le monde). Tant qu'elle ne nous fait pas de leçon de morale tout va bien.

Esther : Merci oui, que personne ne s'inquiète. J'étais si mal que ça à Paris ? Les filles vous m'effrayez parfois. Je dois retourner bosser. Je vous embrasse de tous mes buildings. Trinquez à ma santé. Bonne soirée.

Alexandra : Je t'aime. On t'aime. Nous aussi on t'embrasse. Travaille bien !

De alexarm@hotmail.com, ce 19 novembre 19**

Lettre 228
Julien à Diane
diane_a@sciences-po.fr
Objet : Les souffrances du jeune Julien

Mon amour de chaque instant. Quand je repense à la nuit dernière, des papillons s'envolent dans mon estomac. Je revois mes mains caressant tes seins et toutes les ailes de mes coléoptères se brisent. Je ne sais même pas si je t'aime. Je veux juste être avec toi. T'entendre, te parler, te toucher, te prendre dans mes bras, te protéger, te dire Nous. Diane tu es si belle, quand tu prends des notes en cours, quand tu m'attends au café et que je suis en retard, quand tu pleures dans mon cou, quand tu souris sur mes lèvres. Je te sens si fragile. Il faut être deux pour s'aimer. Comment imaginer alors que tu ne m'aimes pas ? Diane je suis un petit homme qui n'aspire qu'à dormir tout contre toi. Je sais que tu vis un moment difficile avec Rodolphe et que tu es perdue. Je l'ai bien compris hier soir. Mais il faut que tu écoutes ma peur. Choisis ton camp, choisis Diane, je t'en supplie. Je ne supporte plus tes doutes.

Julienquidevientfou

De julien_s@sciences-po.fr, ce 22 novembre 19**

LETTRE 229
Nini à Camille
À Paris

Tu m'as abandonnée. Tout le monde. Ta mère et toi vous ne prenez jamais de mes nouvelles et en plus je me suis cassé le col du fémur. Maintenant j'ai une hanche en fer et j'ai bien dansé avec mon kiné. J'adore [illisible] danser. Ça fait tomber mon dentier. Il y a des animations ici c'est une bonne clinique. Ma voisine de chambre a dit que je lui avais volé cent francs mais c'est elle la voleuse de cigarettes. Ils nous retirent nos bijoux quand on entre ici. Ils [illisible] le Valium parce que je suis maniaco-dépressive. Mais tu t'en fous parce que tu es une égoïste. Ta mère avait bien raison. C'est Nathalie qui garde mes chiens. Elle m'a dit qu'elle t'avait donné mon numéro sur ton répondeur. Tu n'écoutes jamais tes messages. Je t'embrasse ma chérie. Je t'aime tu sais. Ne t'inquiète pas pour moi. [illisible] écris à ta Ninotchka.

De la clinique R..., ce 22 novembre 19**

LETTRE 230
Hadrien à Camille
À Paris

Bonsoir, mon amie.
Bonsoir et bonne nuit.
Je vais me coucher et penser à toi calmement.
Camille l'insupportable girouette.
Toutes tes blagues sont drôles.

Parce qu'elles ne sont pas les tiennes.
J'espère que tu as bien travaillé ce week-end.
Nous sommes lundi.
Vendredi tu étais avec tes copines, samedi avec tes amants et dimanche en famille.
Je dis avec tes amants, car j'imagine les ravages que tu peux faire en boîte.
J'imagine, je n'étais pas convié.
Je ne te reproche rien.
Seulement, tu ne me tiendras pas amoureux transi en ne m'octroyant que quelques heures au téléphone et un café ici et là pour boucher tes trous d'étudiante débordée.
J'espère que tu as beaucoup travaillé ce week-end.
Tu auras peut-être un peu plus de temps à m'accorder cette semaine.
Effectivement.
Nous sommes lundi.

De Paris, ce 22 novembre 19**

LETTRE 231
Diane à Julien
julien_s@sciences-po.fr
Objet : Diane sur un toit brûlant

Comme une petite porcelaine de Chine... Oui, je suis fragile, je l'ai toujours été. Rodolphe était là pour me tendre son cou lorsque j'avais envie de pleurer. C'est toi aujourd'hui qui prends sa place. Toute cette joie m'effraie. Je voudrais aller me cacher dans les fourrés. Cette école, cette pression, ces dissertations jusqu'au bout de la nuit. Pour quoi faire ? Je veux être deux. Je m'en fiche de la politique internationale, je veux être amoureuse. Faire de toi un homme heureux pour que ton malheur soit celui que je déciderai... Si je me donne à toi, alors je perds mon parapluie et mes béquilles. Je serai toute nue et chancelante. Si tu me refuses ta veste et ton bras, alors je m'écroulerai dans le caniveau. Pardonne-moi de douter encore, Julien mon amour, il y a quelque chose de faux en toi. Quelque chose de palpable que tu ne me dis pas et aucun mail d'amour ne pourra apaiser ce soupçon-là. Rodolphe ne savait pas me faire l'amour comme toi, mais il m'aimait. Pardonne-moi, je ne sais plus que demander pardon ces temps-ci, mais écoute ma peur. Je suis une jeune fille perfectionniste. Je veux un amour entier, infini. Es-tu prêt à me faire une pareille concession ?

Dianequinesaitplus

De diane_a@sciences-po.fr, ce 23 novembre 19**

LETTRE 232
Jointe à la LETTRE 231
Julien à Camille
À Paris

Camille chérie, non je n'ai pas peur de vous. Et NON – combien de fois faudra-t-il que je vous le répète ? – je ne suis point amoureux de cette pleureuse angoissée. Pour preuve je joins le trophée tant attendu. Si je me suis comporté comme un imbécile jusqu'ici, c'est parce que vos machiavéliques conseils n'étaient pas de la partie. J'espère qu'à défaut de vous plaire ces trophées sauront apaiser vos doutes. Lisez donc et donnez-moi vos instructions. Elle est sur le point de se rendre totalement, il nous faut un coup de grâce décisif. Avouez qu'il y a de la Tourvel en elle. Elle se méfie de moi et mes grands déchaînements d'amour verbaux et physiques l'alarment plus qu'ils ne la rassurent. Marquise que feriez-vous ? Voilà bien longtemps que nous ne nous sommes vus. Quand je repense aux nuits que nous avons passées ensemble, des papillons s'envolent dans mon estomac. J'imagine mes mains caressant vos seins et toutes les ailes de mes coléoptères se brisent. Votre emploi du temps d'hypokhâgneuse saurait-il faire un peu de place à un Vicomte transi ? Vous me manquez mon amie. Nous pourrions boire du champagne en écoutant *La Traviata* – nus comme à notre habitude –, vous me dicteriez une lettre à la poupée de porcelaine que j'écrirais en prenant vos fesses comme pupitre. Je promets de vous distraire infatigablement. Oh ! dites oui. Vendredi soir prochain. À vendredi oui. À vendredi mon amie.

De Paris, ce 23 novembre 19**

Lettre 233
Camille à Hadrien
À Paris

Bonsoir, mon ami,

Je serai honnête avec toi, je ne suis pas amoureuse de ta merveilleuse personne. Je ne dis pas que je ne le serai jamais, je ne te demande pas non plus d'être patient, je tiens juste à t'avertir. Je sors d'un chagrin d'amour, et je retarde le moment où je me verrai à nouveau encagée. Cela étant dit, nous pouvons continuer à nous côtoyer et à nous écrire surtout, tu ne peux pas savoir à quel point tes lettres me font plaisir ; mais je ne te retiens pas. Je voudrais être le plus sincère possible, si absurde que cela puisse paraître. Il est tard, je bois un grog de ma confection personnelle : whisky, miel, citron, de quoi tuer tous les maux de gorge à venir. Je n'ai pas le droit d'être malade, je déteste les malades en règle générale. Je me chope toujours une laryngite pour mon anniversaire.

Qu'est-ce que tu préfères dans la vie ? J'aime les groseilles et les gares. Pour leur acidité et l'inconnu qu'elles laissent imaginer.

Mis à part les reproches de ton avant-dernière lettre, je ne te vois pas de défaut. Si tu voulais bien me laisser un peu de temps, alors nous pourrions apprendre à nous aimer. Qu'en dis-tu ?

De Paris, ce 23 novembre 19**

LETTRE 234
Camille à Esther
estherontherocks@ny-editions.com
Objet : In girum imus nocte et consumimur igni

Très belle Esther,

Je t'écris depuis la boîte e-mailique de Marie. Tu sais à quel point je hais les ordinateurs et tout ce qui se rapproche de la technologie... Rien ne remplacera jamais une lettre avec du vrai papier qui a voyagé et qui peut se froisser et se plier et se mettre sous un oreiller et dans sa poche ou sur son cœur, même si je ne pense pas que tu fasses de pareilles choses avec mes pauvres écrits.

Si j'ai décidé de taper à deux à l'heure sur ce maudit clavier ce soir, c'est pour te parler. Hadrien, donc. Il m'a dit qu'il était ton ami. Tu sais qu'il est amoureux de moi. Y a-t-il eu quelque chose entre vous ? Est-ce que ça te gêne si je sors avec lui ? Sinon, pourquoi as-tu demandé à Alex de me faire une leçon de morale ? Je n'ai rien fait de mal, tu sais : je ne lui ai même pas encore roulé une pelle. Il faut juste que tu me dises, tu es mon amie avant tout, et je ne voudrais surtout pas que cette histoire te fâche.

Marie crie dans l'autre pièce, je l'ai laissée seule à notre version latine, en espérant qu'elle n'y verrait que du feu et qu'elle avancerait dans le déchiffrage d'Apulée, pendant que je te parle de mes histoires de cœur. Elle ne s'en rend pas encore compte, mais je ne lui suis pas moins utile ici que le nez dans le Gaffiot.

Les journées sont longues, on travaille comme des caniches femelles. Heureusement que nous nous tenons par la main. Je ne sais pas comment Alexandra se débrouille.

J'espère que tu vas bien, que tu ne regrettes pas ton échappée du monde des petites chiennes domestiques et polies (il n'y a que des filles dans notre classe, un vrai scandale). Écris-moi, avec un stylo-plume ou avec un clavier, ou téléphone-moi pour cette histoire d'amour ridicule, ça me ferait vraiment plaisir d'entendre ta voix.

Marie s'impatiente, je t'embrasse, mon amie.

De marieaparie@wanadoo.fr,
ce 25 novembre 19**

LETTRE 235
Esther à Alexandra
alexarm@hotmail.com
Objet : Corn cakes and pumpkin pie

Happy Thanksgiving petite chérie. J'espère que tu as mangé une dinde digne de ce nom. Avec Georges, on s'est fait des pâtes à la carbonara, au fond on ne se sentait pas vraiment concernés par le problème. Encore une fête de la plus grande hypocrisie. Est-ce que tout va bien à Paris ? Camille m'a envoyé un e-mail (eh oui, tout arrive !) plutôt alarmiste sur la vie de prépa. Quelle idée de faire du latin à 2 heures du matin aussi. Je crois qu'elle a complètement passé l'éponge pour Marie. Elle me demande si ça me gênerait qu'elle sorte avec Hadrien. Elle a peut-être peur de faire avec lui ce que Marie a fait avec Julien. Je n'ai jamais compris ce qui s'était passé, derrière ses toutvabien-toutvabien, ça lui a sûrement fait un choc. Le problème avec Hadrien, ça n'est pas tant qu'il ait été amoureux de moi, mais c'est un garçon adorable et fragile, et je ne voudrais pas qu'elle lui brise le cœur. Avec ses discours de recherche du Prince charmant, n'importe qui lui donnerait le bon Dieu sans confession, mais toi et moi savons : elle n'est pas du genre des amoureuses. Même avec William, je ne sais pas si tu te souviens, elle nous disait tellement de mal de lui, je ne comprends toujours pas qu'ils soient sortis ensemble pendant trois mois. Si je m'épanche sur le sujet, c'est pour que tu me dises ton sentiment là-dessus.

À part ça, rien de nouveau, je lis énormément, pas que des chefs-d'œuvre, mais le monde de l'édition ne le permet pas. Je ne sais pas si j'ai trouvé ma voie, mais je me lève tous les matins avec enthousiasme et la vie de bureau est bien moins pire que ce que je m'imaginais. Et puis, je ne vois pas le temps passer. Georges vient d'acheter l'intégrale de Charlie Chaplin, ce soir *Les-Temps-modernes*-pâtes-aux-olives au programme. Quelle créativité me diras-tu, mais j'ai la flemme de sortir, il fait un froid glacial et nos placards criaient de vide...

Je t'embrasse petite hortensia, n'oublie pas de mettre ton bonnet avant de sortir et donne-moi de tes nouvelles.

De estherontherocks@ny-editions.com,
ce 26 novembre 19**

LETTRE 236
Julien à Diane
À Paris

Ma chérie, de quelle concession parles-tu ? J'ai déposé mon cœur à tes pieds il y a deux mois déjà. Oui je sais ces mots-là t'effraient, pas tant parce qu'ils te déplaisent, mais tu as peur du manque de franchise de pareils élans. Tu commences à me connaître maintenant, tu sais que mon enthousiasme naturel – couplé à celui d'écrire une lettre – me rend l'usage des hyperboles facile. Mais que faut-il que je fasse pour être crédible quand je te dis que je t'aime ? N'es-tu pas assez belle, assez charmante pour qu'un Julien te veuille tout à lui ? Oui tu es fragile, cela te rend plus désirable encore. Quel homme ne souhaiterait pas tendre son cou et ses bras pour te protéger ? Les papillons ne sont pas chose qui se décide, ils virevoltent et viennent se poser dans le bas du dos, entre la plume et le papier. Fais-leur confiance à défaut de tenter de les comprendre. Lorsque nous nous embrassons, lorsque nous faisons l'amour, ils nous tordent l'estomac. Face à un sentiment aussi fort, il n'y a plus de concession qui tienne. Si tu savais à quel point je te respecte, si tu savais à quel point je t'admire. Je pense à toi à chaque instant, même quand j'y suis le moins autorisé. Tu veux être Deux, je voudrais ne faire qu'Un, nous voilà donc Trois. Je suis épuisé Diane. Nu et chancelant moi-même, je te pardonne tout ce que tu voudras.

Toi seule peux me rendre heureux. Je t'aime, c'est moi qui te demande pardon.

De Paris, ce 27 novembre 19**

Paris, 30 novembre 19**

Diane à Julien, 17 h 40
Je viens de recevoir ta lettre. Merci. Tu fais de ma vie un miracle d'amour

Julien à Diane, 17 h 40
Je suis pardonné ?

Diane à Julien, 17 h 41
Oui. Pourquoi au fait ?

Julien à Diane, 17 h 41
Je fais comme toi. Je demande pardon pour rien.

Diane à Julien, 17 h 42
Tu m'aimes ?

Julien à Diane, 17 h 42
Ouiouiouiouiouioui... oui.

Diane à Julien, 17 h 42
Peut-on être heureux ensemble ?

Julien à Diane, 17 h 43
Oui si tu veux bien m'aimer.

Diane à Julien, 17 h 43
Je t'aime Julien

Julien à Diane, 17 h 44
J'ai le droit de t'appeler ?

Diane à Julien, 17 h 44
Ouiouiouiouiouioui... oui

LETTRE 237
Marie à Tess
tessbaby@hotmail.com
Objet : Re : Tout est arrangé

Est-ce que le stress donne des boutons ? (oui). Est-ce que le vrai luxe en classe préparatoire c'est d'avoir le temps de se laver les cheveux ? (parfaitement). Plus le temps de faire du shopping, plus l'esprit à coordonner mes vêtements le matin. À peine sortie du lit je me demande si au lieu de répondre à « Comment penser les limites de la connaissance ? », j'aurais pas plutôt par hasard répondu à « Comment penser la connaissance des limites ? » ! Et tu me dis que l'amour c'est la vie. Tess chérie je suis ravie que Dan et toi soyez rabibochés (tu vois qu'il fallait juste lui laisser un peu de temps), mais ne me demande pas de te raconter ma vie sentimentale (ou alors sors tes mouchoirs). Je dois y aller, see you then. Kiss Kiss

De marieaparis@wanadoo.fr,
ce 30 novembre 19**

LETTRE 238
Camille à Julien
À Paris

Camille est sérieuse ce soir et bien ordonnée. J'ai pris un bain, j'ai mis de la crème qui sent bon sur mon petit corps et une capillaro complexité sur mes cheveux pour être belle demain. Je pense à vous, Vicomte adoré. Comment se porte votre dos ? Vous m'avez fait peur samedi matin. Le mien ondule à merveille, il veut bien vous servir à nouveau de pupitre, quand bon vous semblera. J'ai vraiment passé une merveilleuse soirée. Cela me fait presque regretter notre amitié. Et encore, même amis nous ne le sommes pas véritablement. Vous êtes-vous déjà demandé ce qui se passerait si la haine d'autrui et le plaisir que nous prenons à le faire souffrir ne nous unissait pas ? Que serions-nous alors ? Que nous resterait-il ? Nous ne cherchons en l'autre qu'un partenaire de crime. Cela seul nous condamne. Vous souvenez-vous lorsque entre deux baisers vous m'avez demandé si je vous en voulais encore pour Marie ? J'ai bien ri alors. Je ne vous ai pas répondu, la question fut posée en de telles circonstances ! Corps contre corps, haletants et heureux, nous aurions presque pu croire à une réconciliation sincère. Bien sûr que non, Vicomte chéri, je ne vous ai pas pardonné. Bien sûr que oui, je le regrette. Il n'y a rien d'absurde à cela. Notre collaboration fondée sur la méchanceté trouvera bientôt ses limites. Que serons-nous alors ? Que nous restera-t-il ? La rancune aura fait place à la piètre satisfaction de la vengeance assouvie ; vous me direz « c'est de bonne guerre », et puis, plus rien. Nous aimons-nous, Vicomte ? Ou sommes-nous simplement égoïstes, prétentieux et ridicules ?

Vous m'avez demandé d'agir pour Hadrien. Vous n'êtes pas sans savoir que cela me sera difficile ; je ne tiens pas à perdre mes véritables amies. Surtout si elles me brandissent l'étendard de la morale au nez. Oh, pour Marie, je n'ai plus rien à craindre, mais pour les deux autres, il faudra les ménager. C'est dans des moments comme ceux-là que je comprends à quel point vous m'êtes cher. Vous, mon impitoyable Julien, sans remords et sans regrets, si vous saviez comme j'ai peur de vous perdre.

De Paris, ce 30 novembre 19**

Lettre 239
Alexandra à Esther
estherontherocks@ny-editions.com
Objet : Séance ragots

Très grande madame l'éditrice. J'ai déjeuné hier avec Camille, on sèche les cours pour mieux travailler, quelle blague ! Les concours blancs arrivent à grands pas. J'aimerais avoir plus de temps pour aimer (quelqu'un d'autre que Malherbe s'entend). J'ai passé mon week-end sur un sujet de géo des plus absurdes : « L'eau dans le Sahel ». Honnêtement, s'il y en avait ça se saurait ! Parlons un peu de choses futiles : Camille et Hadrien donc. Rien à signaler. Il en pince pour elle, elle le trouve très « adorable », elle parle plus de toi que de lui. Tu as raison, cette histoire avec Marie l'a traumatisée. Je crois qu'elle était amoureuse de Julien et elle s'en veut de ne pas l'avoir dit. De là à briser le cœur de ton petit Hadrien... je n'en suis pas trop sûre. Dis-lui la vérité, à savoir que le cœur en question a déjà été amoché une première fois par tes soins, et depuis tu t'es improvisée maîtresse en prévention d'arrêts cardiaques ! Tu as un peu trop tendance à te sentir coupable et responsable à mon goût. Hadrien est un grand garçon, laisse-le voler de ses propres ailes. Camille n'est pas un monstre, elle n'a jamais fait souffrir personne que je sache !

Mon amie, il est tard. Je dois absolument finir mon commentaire d'anglais avant d'aller me coucher, je n'aurai pas la force demain matin. J'aimerais leur en mettre plein la vue, et c'est mal parti si tu veux tout savoir. Je suis lasse et bien appliquée comme il faut pourtant.

Je t'embrasse comme je t'aime, je promets de mettre une écharpe avant de sortir. Pour le bonnet...

De alexarm@hotmail.com, ce 30 novembre 19**

LETTRE 240
Esther à Hadrien
hadrien_d@sciences-po.fr
Objet : Re : Re : Re : Camille

Des nouvelles de New York où il neige plus que de raison. Au moins, ici, les gens ne se plaignent pas qu'il n'y a plus de saison.

Comment vas-tu ? Toujours aussi passionné par le Moyen-Orient ? Si tu veux mon sentiment là-dessus, je préférerais que tu deviennes ambassadeur de France en Pologne : on boirait de la Zubrowka, et puis ce serait moins dangereux... Quoique, je me souviens que tu ne tenais pas très bien l'alcool. Nos grandes conversations sur l'avenir du monde me manquent, tu sais. As-tu prévu de me rendre visite ? Tu pourrais venir en même temps que ma sœur, c'est chic pour faire ses courses de Noël !

Pour clore le chapitre Camille, je pense que je n'ai

pas à me mêler de vos affaires. Sois amoureux mon ami, c'est une fille géniale, comme tous mes amis. Mais ça tu le sais sûrement déjà.

De estherontherocks@ny-editions.com,
ce 1er décembre 19**

LETTRE 241
Hadrien à Camille
À Paris

Je suis ravi de savoir que malgré mes reproches, mes lettres te font plaisir.
J'aime les petits enfants et le tarama.
Pour le rose, très certainement.
Apprendre à s'aimer ?
On n'aime jamais que sa propre gentille personne.
Qu'en dis-tu ?
Tu ne m'accordes que peu de ton temps, Camille.
As-tu besoin de beaucoup de sommeil ?
Moi oui.
Il n'y a rien au monde de plus merveilleux que la fraîcheur des draps propres.
On devrait vivre à l'hôtel.
Se connaître ne sert à rien, en tous les cas pas à mieux s'aimer.
C'est comme connaître le passé familial de quelqu'un.
Ça ne permet que de faire des suppositions.
Je sais que ton cœur est brisé.
Tu déclenches les passions, que veux-tu ?

Bonne nuit, ma chérie.

Tâche à l'avenir d'être plus indulgente avec moi.

De Paris, ce 2 décembre 19**

LETTRE 242
Jointe à un bouquet de lys
Julien à Camille
À Paris

Joyeux anniversaire ma noble amie. Votre dévoué serviteur vous souhaite santé, amour, nuits blanches, perfidie, vengeance... ah ! votre dernière lettre m'a glacé d'effroi. Vous perdre ? Jamais ! Vous ne savez pas de quels sacrifices je suis capable pour faire vivre notre amitié. Je ne vois pas l'intérêt de devenir des adultes. Montrez-moi un seul adulte qui s'amuse autant que nous et je veux bien vous donner à lui. C'est moi-même qui vous conduirais à l'autel – ou serait-ce l'hôtel ? L'avenir vous a toujours paralysée, le passé aussi. Nous sommes le présent. Parlons donc de choses amusantes. Hadrien le mordu. Il ne me lâche plus les mocassins, sa curiosité à votre sujet est insatiable. J'ai cru comprendre que vous lui aviez dit que vous vous remettiez à peine d'un chagrin d'amour. Il faut absolument que nous accordions nos violons sur ce point, car mon imagination délirante a fait que je me suis un peu avancé.

En gros, je lui ai raconté que vous étiez tombée folle amoureuse d'un Corse cet été qui s'appelait Mario – dans l'urgence on invente les prénoms que l'on peut. Lui voulant respecter les traditions s'était mis en tête de demander votre main à votre père, jusqu'à ce qu'il apprenne que celui-ci était mortellement brouillé avec sa propre famille. Et pour cause, il avait dans son jeune temps séduit puis lâchement abandonné la mère dudit Mario. Le grand-père avait même engagé la mafia – ah oui j'oubliais de vous dire que Mario était issu d'une famille très puissante – pour tuer votre père qui avait été contraint et forcé de quitter l'île à tout jamais. Déchiré entre l'amour et l'honneur, bravant les interdits familiaux, Mario vous a fait l'amour tout l'été pour finalement vous annoncer la terrible nouvelle le jour de votre départ. Non il ne pourrait pas vous rejoindre à Paris, il avait même pris la terrible décision de ne plus jamais vous revoir. S'ensuit une scène de rupture d'une violence extrême que je n'ai pas eu le temps de raconter ; mais dites seulement un mot et je me ferai un plaisir de dépeindre le tout à notre amoureux du moment en moins de quarante-cinq minutes. Voilà c'est à peu près tout. J'y ai été un peu fort, mais mentir m'a toujours rendu heureux. J'attends bien évidemment vos instructions pour la suite de cette histoire.

Parlons un peu de mes propres affaires. Notre lettre a fait son effet et la Belle est plus amoureuse que jamais. Bien sûr elle a encore de ces regards marine et perdus qui font craindre le pire, mais à force de l'observer je finis par penser que c'est là un trait de son caractère. On ne sait jamais ce qui se trame lorsqu'elle vous regarde et pis encore lorsqu'elle ne vous regarde pas. Serait-elle de la race des lunatiques ? L'autre jour par exemple, nous avions rendez-vous à la sortie des cours pour aller voir le dernier Woody

Allen – vous vous figurez ce que j'endure pour elle ! Bref elle était de fort joyeuse humeur jusqu'à ce que nous arrivions devant la salle de cinéma. Il faut vous dire que c'était moi qui avais à charge de trouver les horaires dans le journal et, soit acte manqué soit lecture trop rapide, je m'étais trompé d'une demi-heure. Je lui propose d'aller prendre un de ces maudits thés en attendant et la voilà qui change de figure. Devinez-vous la suite ? Elle m'a fait une scène en pleine rue, elle m'a dit qu'elle ne pouvait pas me faire confiance, que j'étais irresponsable, pis encore je ne la respectais pas et d'ailleurs je ne l'aimais pas. Bref, le tout assorti de larmes de dépit. Un vrai chagrin scandalisé pour une demi-heure de battement ! Sa déception me semblait tellement disproportionnée que j'ai pris le parti de la quitter sur-le-champ. Elle est devenue enragée. Elle s'accrochait à mes vêtements en me suppliant de la pardonner, on se serait cru au dernier acte d'un opéra italien.

Pourtant dans sa folie elle m'a vraiment touché au cœur, le croiriez-vous ? Cette fille porte en elle une tristesse qui fait qu'on lui pardonne tous ses excès. J'ai passé le reste de la soirée à la consoler. Elle m'a fait jurer une bonne centaine de fois qu'elle pouvait compter sur moi, que j'allais la protéger, que je ne la quitterais jamais, que je l'aimerais toute ma vie... J'ai presque fini par me convaincre moi-même. Avouez qu'il y a de quoi être tourneboulé.

Cette lettre est bien longue et je n'ai plus de place. Bonne nuit mon amie, tenez-moi au courant de vos dispositions, j'aimerais beaucoup déjeuner avec vous la semaine prochaine.

De Paris, ce 4 décembre 19**

LETTRE 243
Marie à Camille
À Paris

Animae meae soror, natali die tuo beata esto. Tam crevimus. Quam semper amavi. Quae amolimur omnia vitae obstantia, amicitiam nostram roborant. Tibi gratias habeo quia talis es qualis es.

Maria tua dixit

De Paris, ce 4 décembre 19**

LETTRE 244
Hadrien à Esther
estherontherocks@ny-editions.com
Objet : Re : Re : Re : Re : Camille

Il n'y a plus de raison.

Je vais bien, ma douce et belle.

Oui, le Moyen-Orient me fascine toujours autant.

Je me suis mis à l'arabe, j'écoute Al-Jazeera TV en boucle, en espérant que je vais finir par prendre le bon accent.

Je ne tiens pas l'alcool.

Camille boit.

Est-ce qu'elle t'a parlé de son épopée familiale cet été avec un beau Corse-briseur-de-cœur ?

Cette histoire est si rocambolesque que je me demande dans quel monde elle vit.

Connais-tu son père ?

Elle évite toujours le sujet.

Je serais très curieux d'avoir ta version des faits. Attention à la neige avec tes bottes rouges, ça glisse.

De hadrien_d@sciences-po.fr, ce 5 décembre 19**

LETTRE 245
Esther à Alexandra
alexarm@hotmail.com
Objet : Re : Séance ragots

Petit muguet, j'espère que tu vas bien et que tu as eu le temps de terminer ton commentaire d'anglais.

Je viens de recevoir un mail très bizarre d'Hadrien. Il me dit que Camille a eu le cœur brisé en Corse cet été et me demande si je connais son père. Je croyais qu'elle ne le voyait plus jamais. Tu pourrais te renseigner ? De mon côté tout va pour le mieux, mon patron a décidé de faire de moi une femme qui s'occupe des droits étrangers, ce qui veut dire que je vais devoir aller à Paris pour signer des contrats. Qu'est-ce que tu fais pour Noël ? Tu ne m'as toujours pas dit. Réponds-moi vite.

De estherontherocks@ny-editions.com, ce 6 décembre 19**

Lettre 246
Alexandra à Esther
estherontherocks@ny-editions.com
Objet : Re : Re : Séance ragots

J'ai eu Camille au téléphone. Elle m'a dit qu'elle était sortie avec Julien en mai (? !), première nouvelle. Tout ça doit rester secret, c'est un truc un peu compliqué, ils n'ont pas couché ensemble, mais c'est par rapport à Marie des fraises Tagada. Ces filles sont un tantinet puériles tout de même ! Elle a aussi eu une aventure avec un Corse dont la famille connaissait son père. Une embrouille pas possible, mais rien de très sérieux. Bref, Julien est en cours avec Hadrien et comme l'autre lui posait des questions sur leur « amitié » (!), Julien a raconté cette histoire-là pour détourner son attention et il en a rajouté une couche. Totalement absurde si tu veux mon humble avis. De toute façon, elle n'est pas amoureuse de ton petit protégé et elle va gentiment le lui dire, comme ça il n'y aura plus d'ambiguïté possible. Tu n'auras qu'à dire à Hadrien que tu as vaguement été informée d'une histoire d'amour impossible et basta. Après tout, tu n'as pas vu Camille depuis cet été. Voilà donc pour la séance ragots !

Pour Noël, je pars rejoindre mon frère à Singapour. Il paraît que c'est très surprenant (au sens de contrasté) comme ville. Ça va me changer les idées et j'en ai bien besoin. Je t'enverrai une carte postale. J'espère juste qu'on se verra avant que tu ne la reçoives...

Congratulations pour ton nouveau poste ! Take care mon amie du bout de l'Atlantique.

De alexarm@hotmail.com, ce 6 décembre 19**

Lettre 247
Esther à Hadrien
hadrien_d@sciences-po.fr
Objet : Re : Re : Re : Re : Re : Camille

Mon ami aux grands pieds et aux chemises bleues.

Oui, j'ai su que Camille était tombée amoureuse cet été et que l'histoire n'avait pas eu de suite. Comme je te l'ai dit dans mon dernier mail, je préfère ne pas me mêler de vos amours. Si je peux me permettre un conseil, écoute Camille plutôt que ce que ses amis racontent à son sujet. Quant à Julien, dis-toi juste que sa grande copine n'a jamais cru à l'amitié entre garçon et fille.

Je n'y crois pas moi-même, à moins que toutes les ambiguïtés aient été réglées au préalable, comme ce fut le cas pour nous. Te souviens-tu lorsque tu m'as dit que tu te rêvais dom Juan et que tu te réveillais toujours Sganarelle ? Nous avons tous un personnage de la littérature pour modèle et un autre qui nous hante. Camille voudrait être Carmen et elle suit la voie de Manon Lescaut... Tâche de ne pas te transformer en un chevalier des Grieux.

Je voudrais te protéger, je voudrais protéger la terre entière et encaisser les coups, surtout ceux que je donne... Être Aricie en somme quand Phèdre me poursuit.

Je t'embrasse mon ami. Take care.

De estherontherocks@ny-editions.com,
ce 7 décembre 19**

TEXTOS
Paris, 11 décembre 19**

Julien à Diane, 09 h 12
Bonjour mon amour. Tu m'as manqué hier soir.

Diane à Julien, 09 h 12
Toi aussi. Tu me manques même lorsque je suis avec toi

Julien à Diane, 09 h 13
C'est bon ou mauvais signe ?

Diane à Julien, 09 h 13
C'est juste que je ne peux pas me passer de l'idée que j'ai de toi

Julien à Diane, 09 h 14
Et que cette idée ne correspond pas à la réalité...

Diane à Julien, 09 h 17
Le mal est déjà fait

Diane à Julien, 17 h 48
On se voit toujours ce soir ?

Julien à Diane, 17 h 48
Oui si tu m'aimes.

Diane à Julien, 17 h 48
Je t'aime à la folie

Lettre 248
Hadrien à Camille
À Paris

Petite libellule de mon cœur.

Petite nymphe, ton corps étendu sur mon lit.

J'ai cherché ton parfum entre les draps, en vain.

S'il existe un autre bonheur que celui-là, je veux bien me pendre.

Tu m'as rendu très heureux.

Je souris ce soir, j'en ai mal aux joues.

Je sais que tu as une semaine chargée, mais maintenant que nous nous aimons, aurai-je l'honneur de te voir un peu plus souvent ?

Camille, ma princesse
Appelle-moi.

De Paris, ce 13 décembre 19**

Lettre 249
Alexandra à Marie
marieaparis@wanadoo.fr
Objet : Cicéron me soûle

Perdue entre deux versions latines. Pas du tout envie de m'y mettre. Ça m'a vraiment fait plaisir de te voir hier soir, même si c'est une très mauvaise idée de monter sur le toit avant que la semaine ait commencé ! Pas rigolé comme ça depuis fort longtemps. Il faut dire que ces hypokhâgnes finissent par nous retourner la cervelle. L'élite française... grande question.

Rien à voir, mais ne t'en fais pas pour ton frère, et puis si ça peut te rassurer ma sœur est bien pire.

Il faut absolument que j'aille bosser. Mon Gaffiot se fait menaçant. À tout hasard, tu n'aurais pas déjà traduit l'exorde comminatoire de la première Catilinaire I. [1] et [2] ?

Tu ne trouves pas Camille un peu bizarre en ce moment ? Je croyais qu'elle n'était pas amoureuse d'Hadrien. Je ne vois pas pourquoi elle s'est finalement décidée. Qu'est-ce que tu sais sur cette histoire de Corse, toi ? Simple curiosité, comme on dit.

Bref, quand faut y aller... Bonne soirée chouchoute.

De alexarm@hotmail.com, ce 13 décembre 19**

Lettre 250
Marie à Alexandra
alexarm@hotmail.com
Objet : Céline pareil

Désolée pour les *Catilinaires*, je n'ai même pas un Budé sauveur... c'eût été avec plaisir. Je suis très heureuse que tu m'aies écrit. Oui c'était vraiment une bonne soirée (je suis explosave). Comme tu vois moi aussi je traîne avant de m'atteler à la lourde tâche qui m'a été assignée ce soir : *Voyage au bout de la nuit*... il ne se rendait pas compte Ferdinand que grâce à lui (ou serait-ce à cause de lui ?) un nombre infini de petits étudiants allaient effectivement passer des nuits blanches son livre entre les mains.

Pour Camille, elle est tombée amoureuse d'un type cet été et lui étant aussi fou qu'elle, ils se sont un peu emballés tous les deux... jusqu'à ce que lui se rende compte que sa famille avait eu des problèmes avec la famille de Camille et qu'il lui était fortement déconseillé de continuer de sortir avec elle. De là à dire que Camille a eu le cœur brisé il ne faut pas exagérer, mais les Corses étant ce qu'ils sont tout cela a pris des allures de grande tragédie d'amour impossible. Voilà donc pour « ma version des faits », c'est la même qu'hier soir. Je ne sais rien de plus, Camille n'a pas épilogué sur le sujet. Pour Hadrien je suis aussi perplexe que toi.

Bon courage avec le grand avocat. À très vite.

De marieaparis@wanadoo.fr, ce 13 décembre 19**

LETTRE 251

Hadrien à Esther

estherontherocks@ny-editions.com

Objet : Maudit

Camille m'a quitté.

Comme ça, dans un café.

Anonyme.

À croire que les filles ont peur qu'on les enferme lorsqu'elles vous quittent.

Un endroit avec une verrière, des portes d'entrée et de sortie, vue sur le monde extérieur en somme.

Nous avions passé une soirée incroyable samedi.

Une nuit entre ses bras.

Je ne devrais pas te raconter cela.

Mais depuis ton dernier mail, je me méfie de mes nouveaux amis.

Elle m'a dit « Ça n'est pas toi, c'est moi ».
J'en aurais pleuré tellement c'était bateau.
Je suis triste et déçu, déçu surtout.
J'écoute Charles Aznavour pour me remonter le moral.
Le pauvre homme n'y fait rien.
« Em-me-nez-moi... »
C'est peut-être mieux comme ça, après tout, après rien, rien du tout.
S'il n'y a pas d'amour, il est inutile de pleurer.
Toi qui aimes, je sais que tu me comprends.

De hadrien_d@sciences-po.fr,
ce 15 décembre 19**

TEXTOS
Paris, 16 décembre 19**

Julien à Diane, 10 h 30
Bonjour mon amour. Tu déjeunes avec moi ?

Diane à Julien, 10 h 30
Tesoula ?

Julien à Diane, 10 h 31
À la sortie. Ettoitesou ?

Diane à Julien, 10 h 31
Bibliothèque... Je déjeune avec Hadrien

Julien à Diane, 10 h 32
En quel honneur ?

Diane à Julien, 10 h 32
On est amis au cas où tu ne serais pas au courant

Julien à Diane, 10 h 33
Fort bien.

Diane à Julien, 10 h 33
Jaloux ?

Julien à Diane, 10 h 34
Non je voulais juste déjeuner avec celle que j'aime le plus au monde.

LETTRE 252
Julien à Camille
À Paris

Faut-il toujours que je sois informé de vos exploits sentimentaux par une tierce personne ?

À la vérité vous me fâchez chère Marquise.

Alors comme ça vous avez fini par céder au charme ravageur du petit homme ? Vous avez passé une nuit entière dans son lit qui plus est ! Moi qui croyais que vous ne vouliez de lui à aucun prix. Tout ça pour le quitter trois jours plus tard ? Et pas un traître mot à votre complice. Je suis outré. Si vous n'avez même plus besoin de public alors parfait, faisons comme cela. Y a-t-il d'autres choses dont je suis tenu éloigné ? Un amant, une amante peut-être ? Et Diane de profiter de la situation et de me demander d'un air éhonté « Ah bon ? Camille ne t'a rien dit ? Je croyais que tu étais son meilleur ami... ». J'attends que vous répariez cette injustice. Où sont mes trophées ? Diane dit que vous l'avez quitté dans un café, je n'ose croire à un pareil malheur. Vous ? Nous priver de la joie d'une lettre de rupture ? Je ne vous reconnais plus.

Marquise j'attends de vos nouvelles de pied ferme, aussi ne vous parlerai-je pas du tout de mes grandes affaires. Mais y a-t-il encore quelque intérêt commun entre vous et moi ? Votre silence m'en ferait douter ; je n'y croirais même plus du tout, si le désir que j'en ai ne me faisait chercher tous les moyens d'en conserver l'espoir.

Adieu, ma belle amie ; je vous embrasse, rancune tenante.

De Paris, ce 16 décembre 19**

LETTRE 253
Jointe aux LETTRES 248 et 254
Camille à Julien
À Paris

Mon Dieu ! Vicomte, comme vous y allez ! La seule idée d'encourir votre indignation m'accable. Mais la vie est mal faite, et c'est aussi la seule chose à laquelle j'aspire. Reprenons donc tous deux notre sang-froid, et revenons à nos affaires.

Que vous importe mon silence ? Je n'ai pas eu le temps de vous écrire, voilà tout. Qu'aviez-vous besoin d'écouter les sornettes que votre petite cruche vous a répétées, au lieu d'attendre ma version des faits ? Oui, j'ai passé une nuit entre les bras de l'empereur : il fallait bien faire avancer les choses. Une nuit délicieuse, si vous voulez tout savoir. Votre ami est un doux attentionné qui ne pense qu'à faire plaisir. Pour une égoïste comme moi, c'était tout simplement parfait. J'aurais réitéré, s'il n'y avait pas eu l'épineux problème du qu'en-dira-t-on. Vous n'êtes pas sans savoir qu'Hadrien est le protégé d'Esther, et qu'il n'y a rien au monde que je respecte plus que l'opinion de mes véritables amis. Dimanche donc, la tête encore toute décoiffée de ma nuit d'amour, je suis partie dîner chez Marie. Alexandra était de la partie. Grâce à vous, j'ai été forcée de faire mentir Marie pour couvrir votre abominable histoire corse. Ne voulant pas m'étendre sur le sujet, vous pensez bien qu'il a fallu alimenter la conversation. Hadrien seul était de taille à détourner leur attention de vos absurdes mensonges. Mais voilà, en grande défenseuse de la morale amoureuse, Alexandra s'est mis en tête de me le faire quitter. C'était ça ou décrire les caresses enjôleuses du beau Mario. Autant vous dire que mon cœur n'a pas balancé. Elles m'ont fait avouer que je n'étais pas amoureuse d'Hadrien, ce garçon si fragile, et que c'était très mal de jouer avec les gens... Bref, tout un tas d'insanités qui eurent pour conséquence de me pousser à rompre avant qu'il ne soit trop tard.

Mardi matin, je reçois la lettre ci-jointe qui témoigne du bonheur furtif de votre ami, et je prends rendez-vous avec lui pour le lendemain. Je me fais belle et je passe ma journée en classe comme une bonne élève gentille. Arrivée au café de C..., je commande un kir pour me donner du courage et je mange mes cacahouètes le plus poliment possible. Il rayonne, je trépigne. La scène s'annonce fastidieuse. Je pense à vous, je me dis qu'il me faut une preuve écrite, mais je ne veux pas qu'elle reste en sa possession. La conversation tourne à vide. Enfin, il me tend la plus belle perche du monde : « C'est toujours plus facile d'écrire son amour que de le dire. » Inespéré. J'acquiesce, et je propose sur-le-champ le cadavre exquis que vous trouverez ci-joint. Je vous laisse le plaisir de découvrir cette petite perle d'ingénuité. À le relire aujourd'hui, je me dis que je n'ai pas assez insisté sur le côté spontané de la chose. Soyez sûr pourtant que je le lui ai lu avec l'intonation d'une jeune fille perdue. Forte de cette révélation que je venais de nous faire à tous les deux, je me suis levée, titubante, et je lui ai dit : « Ça n'est pas toi, c'est moi », je crois, à bien y repenser, que j'ai ajouté un ou deux « pardon » pathétiques. J'en ris encore. Si cela ne vous suffit pas pour vous prouver à quel point je vous aime, je veux bien me faire guillotiner.

Revenons à votre lettre, vous me demandez si je n'ai point d'autres secrets. Ah, vraiment, il m'est impossible de vous cacher quoi que ce soit. Clairvoyant ami, oui, j'ai une dernière petite histoire à vous raconter. Figurez-vous que j'ai fait la connaissance d'un certain Louis qui n'est autre que mon voisin de palier. Le hasard est curieux. Ce jeune Dieu est en tous points pareil à vous, en un peu plus beau. J'espère que vous ne vous vexerez pas de si peu. Il me plaît énormément et il sait jouer comme personne. Le croirez-vous ? *Les Liaisons* est aussi son livre préféré ! Voilà bientôt un mois que nous nous tournons autour comme des loups affamés. J'espère beaucoup de lui. Le cœur battant, je guette ses entrées et ses sorties comme une collégienne. Mais rien n'est encore fait, pour le moment nous ne sommes que « bons amis ».

Voilà, je crois avoir répondu à toutes vos insultes. Avouez que j'ai bien pris la chose.

Adieu, Vicomte ; redevenez donc aimable.

PS : Oh, j'en oubliais presque vos « grandes affaires ». Où en êtes-vous avec l'adorable et versatile perroquet ?

De Paris, ce 20 décembre 19**

LETTRE 254
Camille et Hadrien
Cadavre exquis au café de C...

Hadrien
Les libellules chantent dans mon cœur
Camille
Hadrien, Hadrien, tu dis que tu m'aimes
Hadrien
Pourquoi écrire ce que je ne sais pas dire ? Love me
Camille
Il fait déjà nuit tout autour enveloppée
Hadrien
J'écris pour mieux te parler. Je t'aime
Camille
Trop peur de te faire du mal
Hadrien
Je n'aime pas le kir, c'est trop sucré
Camille
Pourquoi le nier ?
Hadrien
Toi mon miel, dans la fumée de tes cigarettes
Camille
Mon cœur est ailleurs. Une nuit avec toi

Hadrien
Ton visage est pâle comme la lune
Camille
et demain. Quoi ? Je ne suis
Hadrien
Je veux sentir ta peau contre moi, si
Camille
pas amoureuse de toi. On va y mettre un terme,
Hadrien
Les ailes c'est fait pour voler
Camille
oui. La vie continue. À Dieu

Du café de C..., ce 15 décembre 19**

LETTRE 255
Camille à Nini
À Cannes

J'espère que tu recevras cette lettre avant ton départ. Ma Nini, tu étais tellement bouleversée au téléphone. Il ne faut pas, et si tu veux mon avis, c'est plutôt une bonne nouvelle. Tu te plaignais toujours que personne ne venait te voir. Au moins tu seras près de nous, et puis là où tu vas, il y aura toujours quelqu'un pour s'occuper de toi. Je suis d'accord que tu es bien trop jeune pour aller en maison de retraite, mais c'est mieux que l'hôpital une semaine sur deux, tu ne penses pas ? La banlieue parisienne a du bon, tu sais. Ninotchka, ne sois pas triste pour tes chiens, je suis sûre que Nathalie sera à la hauteur de leurs abominables glapissements. Et puis tu vas te faire des potes là-bas, et ils ne seront pas fous comme ceux de la dernière fois. Ta fille, maman et moi on viendra te voir, on te sortira au Mac Do ou ailleurs, ce sera très bien, tu verras. Puisque tu viens pour le déjeuner du 25, nous aurons l'occasion de reparler de tout cela, ne t'en fais pas, il y aura de la dinde et des marrons glacés. Je t'aime, ma Nini. À très vite.

De Paris, ce 20 décembre 19**

LETTRE 256
Camille à Marie
À Paris

Joyeux Noël, mon amie chérie (impossible de dire ça en latin, comme tu t'en seras doutée...). Tu sais que tes lettres de New York me manquent ? Ne repars pas tout de suite, c'est juste un mauvais prétexte pour te dire à quel point j'aime t'écrire et comme je suis heureuse aujourd'hui de savoir que notre amitié sait faire face à l'adversité. Je tenais à te remercier pour avoir menti à Alexandra, moi qui n'ai jamais eu le moindre scrupule à raconter ce qui me passait par la tête comme si c'était une vérité vraie, ce mensonge de toi m'a énormément coûté. T'abaisser à une pareille absurdité, pour ne pas dire vilenie, juste pour moi, je t'en suis infiniment reconnaissante, voilà.

À la maison, c'est la grande folie des préparatifs ; ma mère est à bloc et nous passe Tino Rossi en boucle. Je ne devrais pas me moquer : quand le CD s'arrête, c'est moi qui appuie sur play.

Marie, ma bergère, passe de très bonnes vacances,

profite de cet interlude pour faire plein de belles fiches..., et puis bonne année, pendant qu'on y est, je te souhaite de passer en khâgne et à moi aussi, comme ça je pourrai continuer à te piquer tes Bic et tes effaceurs.

Je t'embrasse d'amour et de dinde farcie, sous le gui comme de bien entendu.

De Paris, ce 20 décembre 19**

LETTRE 257
Alexandra à Esther
À New York

Oh qu'il fait chaud ici mon amie ! Cette ville est folle, je mange des délicieuses nouilles à la mode des piments dans les gargotes locales et le soir mon frère nous sort dans des restaurants chics chics qui servent des frites à la française. J'espère que tu vas bien et que tu profites de la neige.

Joyeux Noël et bonne année, santé, prospérité, droits étrangers, amour, drogue, sex et rock'n roll !

De Singapour, ce 22 décembre 19**

LETTRE 258
Marie à Tess
tessbaby@hotmail.com
Objet : Noyeux Joël

Comme ça me fait plaisir de recevoir un mail de toi petite Campus Girl !

Ici tout va bien, des vacances enfin !... avant de

reprendre les dissertations, les versions et les colles (qui sont une invention du diable). Par vacances j'entends que je n'ai qu'une petite dizaine de livres à avaler et que je m'octroie de sublimes grasses matinées jusqu'à 8 h 30. On est loin de l'éclate totale. Nous avons fêté Noël en famille chez mon grand-père avec tous les cousins cousines et j'ai mangé beaucoup trop de marrons glacés (comme d'hab).

Dis donc il t'a beaucoup gâtée le Père Noël (très drôle que Bruce t'ait offert un vibromasseur, la maturité de ce garçon est effrayante). Enfin tu as l'air de bien t'amuser et d'être très amoureuse, je suis ravie pour toi.

Mes amours... c'est le calme plat. Désolée de te décevoir, mais je n'ai vraiment pas le temps, même pas de t'écrire (ça c'était mon excuse pour être restée silencieuse si longtemps). Et puis les hypokhâgneux ne sont pas au top question sex attitude (donc pour tes amis les musclés-bronzés je suis partante). Il va falloir que je vienne en Californie, je ne vois que ça. Que penses-tu des vacances de février ? Je pourrais venir une semaine. Dis-moi.

Je voulais aussi te dire de ne pas trop t'inquiéter pour tes room mates, si elles sont méchantes c'est parce qu'elles sont jalouses de votre bonheur. Vous n'avez qu'à emménager ensemble l'année prochaine (pour la bague prends ton temps).

J'oubliais presque... Bonne année à toi aussi, travail-amour-sorties, mais ne fais pas trop de sport sinon je ne pourrais plus te battre au tennis.

Embrasse toute ta famille pour moi. Kiss Kiss

De marieaparis@wanadoo.fr, ce 25 décembre 19**

Lettre 259
Diane à Julien
À Paris

Aujourd'hui c'est Noël et je suis triste, mon amour. Je me suis enfermée dans ma chambre de jeune fille pour t'écrire. Même pas la force de te téléphoner. Et puis je ne voudrais pas gâcher ta journée en famille. C'est ça Noël normalement... non ? Une fête familiale, une occasion de tous se réunir pour s'offrir des cadeaux et se dire qu'on s'aime. Mes parents eux ont pensé que c'était le moment idéal pour nous annoncer qu'ils divorçaient. C'est vrai que, quand on y pense, tout le monde était là, ils n'ont pas eu besoin de le dire plusieurs fois. Et puis on a tous reçu l'info en même temps, en pleine gueule certes, mais il n'y a pas eu de premier averti, tous les enfants sur un pied d'égalité ! Mon grand frère a quitté la table – à leur place j'aurais attendu le dessert, mais ça ne regarde que moi –, ma petite sœur s'est mise à pleurer. Hélène a voulu faire sa pédagogue des grands jours, genre « Je comprends, vous traversez une crise, vos enfants quittent la maison un à un, vous avez peur de vieillir... » J'ai même cru à un moment qu'elle allait leur parler de leur sexualité chancelante. Alors j'ai pris ma fourchette et je me la suis enfoncée dans la main, sous la table, en silence. Histoire de souffrir autrement. Je les déteste. Ils m'ont menti. Jamais je ne les ai vus s'engueuler. Ils nous ont joué la comédie de l'amour et du couple parfait pour mieux nous faire perdre nos illusions. Trente-deux ans de mariage, quatre enfants et un grand sac-poubelle. Je les hais. Je voulais rentrer à Paris pour blottir ma tête dans ton cou, mais maintenant je me dis qu'il vaut mieux rester pour Anna. Ça me fait du bien de t'écrire. Mon Amour, il n'y a que notre amour qui soit vrai. Si tu savais à quel point je t'aime et comme j'aime que tu me prennes dans tes bras... je les voudrais là, maintenant, tout de suite, pour me protéger de tous ces hypocrites.

J'essaie de penser à autre chose. Je dois terminer de ficher la vie des paysans français de 1945 à nos jours. Cette pute de prof d'histoire m'a dit, en me rendant mon dernier devoir, que mon passage en seconde année était « très délicat si je m'obstinais à ne pas savoir organiser ma pensée ». Comme si tout n'allait pas assez mal comme ça. Ils peuvent toujours crever pour que je redouble. Mais au fond, je m'en fous. Après le désespoir et la colère, il me reste encore la lassitude. Je suis perdue, tu me manques, manques, manques, Julien, viens me sauver, où es-tu ?

Dianedeslarmes

De Nantes, ce 25 décembre 19**

LETTRE 260
Julien à Camille
À Paris

Joyeux Noël Marquise de mon cœur. Je vous remercie d'avoir pris la peine infinie de répondre à mes insultes et d'avoir bien voulu partager vos secrets avec un ami non véritable. Vos trophées sont splendides comme à leur habitude et me voilà tout à fait rassuré. De plus vous savez à quel point j'aime vous savoir heureuse – et l'idée que vous ayez trouvé un nouveau partenaire de jeu qui soit plus beau que moi me ravit totalement. Ne vous ai-je pas prouvé maintes fois qu'il n'y avait aucun sacrifice que je ne ferais pour conserver notre amitié ? Mais peut-être est-il déjà trop tard. Aussi n'hésitez pas à me congédier lorsque ce dernier aura complètement pris ma place, j'irai me rabattre sur mon adorable et versatile perroquet ainsi que vous la nommez lorsque vous n'employez pas la douce épithète de petite cruche.

Bonne année Camille chérie. Je ne vous propose pas de passer le réveillon à mes côtés, j'imagine que vous n'aurez tout simplement pas le temps de m'écrire d'ici là. Embrassez votre Louis royal sous le gui pour moi.

Adieu.

De Paris, ce 27 décembre 19**

LETTRE 261
Nini à Camille
À Paris

C'est ma première nuit dans cette chambre et je n'ai pas sommeil. Ils m'ont dit qu'ils accrocheraient mes tableaux demain tous les cartons n'ont pas encore été déballés je crois qu'il n'y aura pas assez de place de toute façon. J'ai pris la photo de toi avec ton pull jaune en Bretagne. Tu étais si mignonne. Les murs sont bleus c'est joli à part pour le lit d'handicapé qui me rappelle cruellement mon état à venir. La télécommande ne marche pas. Il y a une sonnette. J'ai toujours aimé les sonnettes. Ta mère m'a dit en me quittant de me tenir tranquille. Je suis calme tu sais. Pas aussi triste que je ne me l'imaginais juste étrangère. Encore consciente de ce qui m'arrive. Comme si c'était la dernière fois. Spectatrice. Un jour peut-être que tu comprendras. Tu es très jeune encore. Quand on est fou on ne peut pas vieillir.

Je t'aime ma chérie écris-moi viens me voir tu as promis.

Les Bégonias, ce 27 décembre 19**

LETTRE 262
Camille à Julien
À Paris

J'imagine que vous vous faites un grand mérite de votre dernière lettre ; mais qu'est-ce donc qu'elle prouve ? Que vous êtes jaloux de mes amis et que vous ne permettez pas que l'on touche à votre chère et tendre ? Ah, Amour, quand tu nous tiens ! Car c'est de l'amour, ou il n'en exista jamais : vous le niez bien de cent façons ; mais vous le prouvez de mille. Autrement, comment expliquer que vous me cachiez les trophées qui me sont dus ? Ne me dites pas que la fillette ne vous écrit pas, elle est typiquement du genre à s'épancher dans sa petite mansarde un stylo à la main. Peut-être vous envoie-t-elle de trop belles choses pour que vous vous décidiez à vous en séparer ? Une lettre de l'être aimé, ça se conserve, ça s'embrasse, ça se relit et ça se plie sous l'oreiller pour faire de beaux rêves. Allons donc, Vicomte, lequel de nous deux a des secrets pour l'autre ? Lequel de nous deux joue tout seul ? Soyez assuré que, pour cette fois, je vous parle sans humeur. Votre lettre sonne comme une menace de rupture. Et toute perche tendue est bonne à prendre pour éviter pareille extrémité. Ainsi, vous parlez de « sacrifices », je vous crois trop habile pour choisir vos mots au hasard. Bien sûr, vous jurez que vous vous sacrifierez à mon bonheur et que, s'il le fallait, vous laisseriez à Louis la place d'amant-complice que vous avez occupée jusqu'ici. C'est bien généreux de votre part. Et je n'en ai cure. Pour tout vous dire, j'ai passé la nuit dernière entre ses bras et vous m'avez cruellement manqué. Vicomte de mes tripes, vous n'êtes pas si facilement remplaçable. Mais ne tournons pas autour du pot. Le fiel qui nous anime risque de nous détruire si nous n'y mettons pas un terme. L'heure est aux sacrifices, certes, mais vous ne pourriez pas faire ceux que j'exigerais. Ne vous méprenez pas, loin de me fâcher de vos refus, je vous en remercierai. J'ai compris ces derniers temps, grâce à Louis, à quel point un ami était une chose précieuse. Vous me manquez, Julien, oublions nos querelles, oublions notre jeu s'il le faut. Devenons raisonnables, croyez-moi, ne soyons qu'amis, et restons-en là.

Votre servante, Vicomte.

De Paris, ce 29 décembre 19**

TEXTOS
Paris, 31 décembre 19**

Diane à Julien, 19 h 20
Tesoula ?

Julien à Diane, 19 h 30
Je vais avoir un peu de retard.

Diane à Julien, 19 h 30
Tu me soûles. C'est quoi un peu de retard, monsieur l'égoïste ?

Julien à Diane, 19 h 31
Problème de métro. J'arrive dans 10 mn mon amour.

Diane à Julien, 19 h 31
Mais oui bien sûr et moi je me les gèle

Julien à Diane, 19 h 32
Je t'aime à la folie.

Diane à Julien, 19 h 32
Menteur. Le code c'est A438B. Vas-y tout seul

Julien à Diane, 19 h 33
Diane ne fais pas ça. Je t'aime. Attends-moi.

LETTRE 263
Julien à Camille
À Paris

Je viens de relire votre lettre pour la sixième fois et je n'y crois toujours pas. Vous voulez que nous devenions raisonnables, que nous ne soyons qu'amis ? C'est vous qui avez perdu la raison ma chère. À moins que cela ne soit une façon polie de me faire comprendre que Louis a pris ma place et ce jusque dans votre lit – mon Dieu ! vous l'avouez sans vergogne et vous en usez pour me faire des cajoleries ; j'en tremble encore de rage. Qu'entendez-vous au juste par le mot ami ?

Notre jeu ? Il est trop tard Marquise pour l'oublier. Ne voyez-vous pas que nous arrivons aux dernières pages de notre Livre ? L'exigence finale, mais bien sûr, c'est la Présidente qu'il vous faut. Habile et cruelle rapace. Vos ongles crochus se tendent et s'ouvrent dans un hurlement : Diane ! Le sacrifice que je ne pourrais pas faire. Celle dont je vous cache les lettres et dont je suis follement épris.

Que vous me gênez par votre obstination ! Diane n'est rien pour moi, je ne suis point amoureux ; et ce n'est pas ma faute si les circonstances me forcent d'en jouer le rôle. Aussi c'est avec le plus dévoué des plaisirs que je viendrai déposer son petit cœur flamboyant à vos pieds – avec un bémol cependant.

Les parents de la cruche qui m'épuise divorcent. Elle est au plus bas, elle a peur de ne pas passer en deuxième année et elle se raccroche à mes baisers comme un marin à sa bouteille de rhum en pleine tempête. Marquise il n'est aucun sacrifice que je ne vous ferais, mais je ne peux pas quitter Diane maintenant, elle est très fragile. Laissez-moi encore un peu de temps. Et ça n'est pas l'Amour, je jure que ça n'est pas la question ; simplement le moment pour ce grand événement est mal choisi. Cruelle amie accordez-moi cette prolongation et je vous en serai éternellement reconnaissant.

Votre serviteur, Marquise.

De Paris, ce 1er janvier 19**

TEXTOS
Paris, 1er janvier 19**

Diane à Julien, 23 h 20
Je vais me coucher. Je regarde tes roses. Elles sont magnifiques. J'ai passé le plus beau réveillon de ma vie

Diane à Julien, 23 h 30
Tu dors ? Bonne nuit mon amour

Julien à Diane, 23 h 31
Non. Bonne nuit ma princesse.

LETTRE 264
Camille à Julien
À Paris

Un bémol ? De qui vous moquez-vous, Vicomte ? Et quelles sont ces mauvaises raisons que vous invoquez pour retarder notre plaisir ? La petite chérie a de mauvaises notes ? Son papa et sa maman ont décidé de se plier aux statistiques et de divorcer comme soixante-dix pour cent des couples ?

Que vous importe qu'elle souffre si elle n'est rien pour vous ? Vous n'avez pas toujours été si regardant.

Point de prolongations, notre honneur de personnage à tous deux est en jeu.

La plaisanterie a assez duré, Vicomte. C'est Diane ou c'est moi.

Abandonnerez-vous la partie ? (Réponse a). Ou faut-il que je vous envoie un modèle épistolaire que vous recopierez ? (Réponse b).

Vous voyez que la réponse que je vous demande n'exige ni longues ni belles phrases, une seule lettre suffit.

De Paris, ce 4 janvier 19**

LETTRE 265
Esther à Alexandra
alexarm@hotmail.com
Objet : Merry Christmas

Bonne année, bonne santé, meilleurs vœux mon amie de toujours. Je viens de recevoir ta carte. Est-ce qu'on bronze à Singapour ? Pour ma part, j'entretiens mon habituel teint hivernal verdâtre très joli.

Le travail a repris, j'ai passé des fêtes incroyables avec ma sœur et ma mère qui nous a rejoints pour nous faire une surprise. Elles ont squatté le salon pendant une semaine. Georges nous appelait le trio infernal, et je dois dire qu'il a été d'une patience infinie. Ça faisait longtemps que nous n'avions pas été réunies toutes les trois sans crise et autres insultes. J'ai compris à quel point la France me manquait quand je les ai raccompagnées à l'aéroport et que j'ai vu écrit Paris en lettres orange sur le grand tableau des départs.

Je t'embrasse petite branche de lilas. À très vite, à Paris peut-être...

PS : Ma sœur a vu Hadrien, il paraît qu'il est en pleine forme et qu'il sort avec une blonde qui mesure vingt centimètres de plus que lui ! Comme quoi tu avais raison... Je me fais trop de souci dans la vie.

De estherontherocks@ny-editions.com,
ce 6 janvier 19**

Lettre 266
Julien à Camille
À Paris

Et je l'ai abandonnée.

Celle que vous preniez pour votre rivale alors qu'elle n'était qu'une femme comme les autres. Cruelle amie vous savez bien que l'on ne peut rien vous refuser. Serez-vous contente d'apprendre que je n'ai pas perdu un moment ? Car je lui ai annoncé la nouvelle dès hier soir. Je l'ai préféré ainsi. D'abord parce que je lui avais promis de la voir dans la soirée et puis aussi car j'ai pensé qu'elle n'aurait pas trop de tout le week-end pour se recueillir et méditer sur ce grand événement – dussiez-vous une seconde fois me reprocher l'expression.

Je vous imagine d'ici tourner pâle. Point de lettre de rupture ? Non et laissez-moi vous expliquer pourquoi. Il me fallait un prétexte pour rompre et cela ne pouvait se trouver qu'en situation. Si j'avais tenté un quelconque « Tout est fini entre nous. Je viens de réaliser que je ne t'aimais pas... », la sotte aurait bien été capable de ne pas me croire. Mais comme elle a la bile facile, je me suis dit qu'il suffirait juste de la provoquer pour qu'une querelle tourne au drame. J'ai commencé par arriver à notre rendez-vous avec une heure de retard. Et pour toute excuse j'ai dit que j'avais été prendre un verre avec ma bonne amie Camille et que nous n'avions pas vu le temps passer. Saviez-vous qu'elle vous détestait ? Dès que j'ai prononcé votre nom elle s'est changée en statue de fiel. La suite ne fut que banalités toujours utiles à débiter en pareilles circonstances. « Les filles c'est trop compliqué pour moi », « je ne te comprends pas », « j'en ai marre », « je suis à bout », « je suis perdu », « tu m'étouffes », « tu me tues », « je t'aime », « cet amour est trop lourd à porter », « cessons de nous voir pendant quelque temps », « ne sois pas triste », « tout est ma faute », « je ne te mérite pas », « tu es trop sensible pour moi », « je ne suis qu'un pauvre-abruti-pardon », « laisse-moi-partir-je-suis-désepéré ». Rien de bien exceptionnel en somme, mais cela a duré trois heures et je suis sorti de là totalement épuisé. Pour vous dire toute la vérité je m'attendais à plus d'effets lacrymatoires de sa part, mais elle est restée étonnamment silencieuse, surtout vers la fin alors même que je m'empêtrais dans tous les stéréotypes cités plus haut. Elle s'est levée et m'a dit qu'elle allait réfléchir et puis m'écrire. Comme quoi, tout vient à point à qui sait attendre. J'espère bien que vous ne mésestimerez pas ce trophée-là et qu'il scellera la fin de notre animosité dévorante.

Maintenant que tous vos souhaits sont exaucés c'est à mon tour de vous faire une demande. Je souhaiterais rencontrer ce Louis dont vous m'avez tant parlé. Comprenez ma curiosité : s'il est aussi intelligent que vous me l'avez décrit nous ne risquons que de passer une agréable soirée. Que diriez-vous de jeudi prochain ? Vous pourriez venir dormir chez moi ensuite, car voilà fort longtemps que nous ne nous sommes embrassés. Cependant je ne prétends rien faire valoir et j'attends tout de vos bontés.

Adieu ma charmante amie.

De Paris, ce 8 janvier 19**

TEXTOS
Paris, 8 janvier 19**

Diane à Julien, 23 h 20
Il faut qu'on se voie

Diane à Julien, 23 h 30
Je ne peux pas vivre sans toi. Je hurle à l'intérieur. Je t'en supplie décroche ton téléphone

Julien à Diane, 23 h 31
Je ne peux pas te parler.

Diane à Julien, 23 h 31
Pourquoi ?

Diane à Julien, 23 h 40
Pourquoi ? Pourquoi ? Mon amour. Pourquoi ? Ne me laisse pas

Lettre 267
Julien à Camille
À Paris

Comment donc se fait-il, ma belle amie, que je ne reçoive point de réponse de vous ? Je n'attendais certes pas des félicitations, mais un petit mot de reconnaissance ne m'aurait pas déplu. Et qu'en est-il des présentations avec votre grand ami ? Est-il trop beau qu'il doive rester caché ?

J'en suis réduit à me demander si j'aurai le plaisir de vous voir tantôt ou si vous allez suivre notre Livre à la lettre et me refuser votre couche. Je croyais pourtant que ce point-là avait été réglé à notre retour de Corse. Je désespère de jamais vous comprendre Marquise. Si je vous ai fâchée dites-moi au moins quels sont mes torts, car je ne m'en connais plus aucun – si ce n'est celui de vous avoir obéi en tous points. À croire que vous ne connaissez plus vos désirs, mais non cela est impossible.

Je me languis de vous Camille ; à quand une entrevue où nous pourrions enfin ouvrir nos cœurs et mêler nos corps ? Je veux me consacrer à vous tout entier. Y consentirez-vous ou avez-vous l'intention de vous jouer de moi ? Aujourd'hui je n'ai plus rien à craindre. N'oubliez pas que quels que soient vos desseins, très chère, vous vous devez de m'en informer.

De Paris, ce 10 janvier 19**

Lettre 268
Camille à Julien
À Paris

Je ne me dois de rien, très cher Vicomte, et je ferai ce qui me plaît, quand, avec qui et comme cela me plaira. Qui croyez-vous être pour exiger de moi un « mot de reconnaissance » ? Pour une rupture bâclée, digne du plus maladroit des adolescents qui plus est ? Oh, je ne m'étonne pas que Diane vous ait dit qu'elle allait « réfléchir ». Après avoir assisté à un discours aussi confus que le vôtre, n'importe qui se serait dit : « Laissons-le à ses propres contradictions, il m'aime encore, il me reviendra... » Car si je ne m'abuse, votre abandon n'en était pas un. Vous avez laissé la porte ouverte à toutes les fenêtres pour conserver l'amour de votre Amour. Qu'y avait-il à répondre à cela ? Des félicitations ? C'est un peu fort. Soyez plus efficace si vous tenez tant que cela à me retrouver, car avant toute chose, vous m'avez promis un trophée. Et sans lui, il n'y aura pas de réconciliation qui vaille.

Vous me demandez quels sont mes desseins, je vais vous répondre : de m'amuser. Avec Louis ou avec vous. En ce moment, c'est avec lui ; mais vous n'avez aucun droit sur moi, que je sache. De plus, ce dernier est extrêmement jaloux, et je ne tiens pas à le contrarier en désertant son lit. Vous voilà donc « informé », quand je n'avais pour idée en prenant ma plume que de vous envoyer au Diable. En vérité, je suis trop bonne. Adieu, Vicomte.

De Paris, ce 13 janvier 19**

TEXTOS
Paris, 15 janvier 19**

Diane à Julien, 15 h 03
Je t'en prie décroche

Julien à Diane, 15 h 03
Je ne peux pas te parler.

Diane à Julien, 15 h 03
Mais tu n'as pas le droit. Je sais que tu m'aimes. On peut au moins discuter. Quelle sorte de lâche me laisserait comme ça ?

Diane à Julien, 15 h 04
On peut se voir au café B..., si tu veux

Julien à Diane, 15 h 10
À quelle heure ?

Diane à Julien, 15 h 10
Quand tu voudras

Julien à Diane, 15 h 13
16 heures ? Chez toi ?

Diane à Julien, 15 h 13
D'accord. Je t'attends mon Amour

LETTRE 269
Julien à Camille
À Paris

J'espérais vous envoyer la réponse de ma bien mal-aimée, mais celle-ci se fait attendre. Aussi je comprends que vous soyez contrariée, mais ce n'est pas ma faute.

Votre dernière lettre m'a fait beaucoup de peine. Vous m'avez demandé de quitter Diane, j'ai obéi comme un bon petit soldat. Aujourd'hui vous jugez des moyens que j'ai employés, eh bien ! si tant est qu'ils vous aient déplu, ce n'est pas ma faute.

Je n'en reste pas moins fermement campé sur mes positions. Je suis têtu, c'est dans ma nature ; ce n'est pas ma faute.

Amusez-vous tant que cela vous plaira, mais soyez franche avec moi. Depuis quand respectez-vous la jalousie d'un homme ? Êtes-vous amoureuse ? Ah ! rien n'est facile avec vous et ça, vraiment, ce n'est pas ma faute.

Marquise, sacrifiez-moi ce Louis. Je vous l'ordonne, je ne supporterai pas une insolence de plus, ou alors brisons là ; et ce sera votre faute.

De Paris, ce 16 janvier 19**

LETTRE 270
Camille à Julien
À Paris

Vicomte chéri, je m'inquiète, je n'ai toujours pas reçu le trophée que vous m'aviez promis.

Comment faire alors pour nous aimer si vous ne me donnez aucune preuve de votre bonne foi ?

Adieu, mon ami. Je voudrais en vain vous écrire

plus longtemps ; voici l'heure où Louis a promis de venir, et toute autre idée m'abandonne.

De Paris, ce 18 janvier 19**

Lettre 271
Julien à Camille
À Paris

Entendez-vous mes lettres ? Les lisez-vous seulement ? Je croyais avoir été clair pourtant. Quittez Louis et vous aurez le trophée dont vous faites si grand cas.

Adieu, ma méprisante amie ; je vous embrasse de tout mon cœur.

De Paris, ce 20 janvier 19**

Textos
Paris, 23 janvier 19**

Diane à Julien, 10 h 45
Julien, on peut se voir ?

Julien à Diane, 10 h 50
C'est fini Diane.

Diane à Julien, 10 h 50
Et samedi dernier c'était quoi ?

Diane à Julien, 10 h 55
Prouve-moi que tu ne m'aimes pas !

Diane à Julien, 18 h 00
Je t'en supplie. Je me sens tellement mal. Viens chez moi

Julien à Diane, 23 h 50
Je suis en bas. Tu dors ?

Lettre 272
Camille à Julien
À Paris

Fort bien. Vous verrez Louis, j'aurai mon trophée – si tant est que ce dernier ait jamais été en votre possession – et nous serons quittes. Ce brave Louis, c'est dommage car je l'aimais bien, mais n'y revenons pas. Tenez, je vais même faire plus que cela, je vais l'immoler devant vous. Que diriez-vous de samedi prochain ? Au gala de Sciences-Po ? Nous y croiserons les fantômes d'Hadrien et de Diane, et nous nous amuserons comme au bon vieux temps. Une humiliation publique, cela vous plairait-il ? Non, ne me remerciez pas : avouez juste que lorsque je le veux, je peux être conciliante. Il me tarde de vous voir, mon ami. Appelez-moi pour que nous réglions ensemble les détails du déroulement de cette soirée, cela fait trop longtemps que je n'ai pas entendu le son de votre voix.

Adieu, Vicomte ; malgré mes querelles, mes malices et mes reproches, je vous aime toujours beaucoup, et je me prépare à vous le prouver.

De Paris, ce 24 janvier 19**

TEXTOS
Paris, 26 janvier 19**

Diane à Julien, 12 h 50
Tu déjeunes avec moi ?

Julien à Diane, 12 h 50
C'est fini Diane. Je ne t'aime plus.

Diane à Julien, 13 h 10
Faire l'amour ça ne veut rien dire pour toi ?

Julien à Diane, 13 h 10
Non. Tu étais triste, je t'ai consolée.

Diane à Julien, 13 h 11
Je ne te crois pas

Diane à Julien, 13 h 12
Je ne te crois pas. Tu as peur de t'engager, mais tu m'aimes. Il faut être deux pour aimer et moi je t'aime

Diane à Julien, 13 h 13
Jamais je n'ai autant souffert

Diane à Julien, 13 h 13
Je te hais

LETTRE 273
Julien à Diane
diane_a@sciences-po.fr
Objet : Les raisins de la lassitude

Diane il faut que tu arrêtes de m'appeler. Ça ne sert à rien. J'ai besoin de réfléchir. Seul !

Et je t'en prie ne viens pas au gala avec ton air de chien battu. Ne viens pas du tout. Si nous nous croisons sur la piste de danse ne t'étonne pas si je t'ignore. Je te connais et je n'ai pas l'intention de passer ma soirée en explications interminables avec toi.

Donne-moi un peu de temps s'il te plaît. Et surtout laisse-moi m'amuser à cette soirée. Nous en avons déjà parlé – mais c'est aussi une des raisons qui me font douter de notre amour – tu es trop possessive.

Julienquiespèrequetulecomprendras

De julien_s@sciences-po.fr, ce 27 janvier 19**

TEXTOS
Paris, 30 janvier 19**

Diane à Julien, 06 h 50
« Le voile est déchiré... »

Julien à Diane, 12 h 00
Diane décroche ton téléphone s'il te plaît.

Diane à Julien, 12 h 01
« Il est donc vrai qu'il m'a sacrifiée, livrée même... et à qui ? »

Julien à Diane, 12 h 01
Arrête ça tout de suite. Je peux tout t'expliquer.

Julien à Diane, 12 h 02
Je t'aime.

Julien à Diane, 12 h 03
Je t'en supplie décroche.

Diane à Julien, 12 h 04
« Être cruel et malfaisant, ne te lasseras-tu point de me persécuter ? »

LETTRE 274
Julien à Camille
À Paris

Vous ne répondez à aucun de mes appels. Qu'avez-vous fait ? Que lui avez-vous dit ? Jusqu'où avez-vous été cruelle ? Diane m'envoie les textos les plus alarmants. Elle cite les lettres de la Présidente. J'imagine que vous lui avez parlé de notre Livre, mais j'ai besoin de savoir exactement ce que vous lui avez révélé. Je tremble Marquise, de rage et d'amour car oui – faut-il vous le hurler ? – j'aime Diane. Je l'aime comme un fou et elle refuse de me parler désormais et je ne sais pas comment réparer tous les torts que je lui ai causés. Aidez-moi je vous en supplie, appelez-moi, appelez-la, dites-lui que tout est votre faute. Je l'aime, je l'ai toujours aimée et vous l'avez toujours su. Tout est encore possible. Elle est si fragile. Elle a besoin de moi. Vous l'avez eue votre vengeance, maintenant rendez Diane à Julien.

Marquise je vous demande pardon. Pardon ma chérie, mon amie, ma complice infernale, mon partenaire de crime, ma cruelle adorée, j'ai péché par orgueil, il n'est pas trop tard pour tout arrêter. Elle ne mérite pas ça, elle n'a rien à voir avec toutes ces horreurs.

Camille qu'as-tu fait ?

De Paris, ce 30 janvier 19**

Textos
Paris, 31 janvier 19**

Julien à Diane, 17 h 00
Tu n'es pas venue en cours. Je peux passer te voir ?

Diane à Julien, 17 h 04
« Ne te suffit-il pas de m'avoir tourmentée, dégradée, avilie, veux-tu me ravir jusqu'à la paix du tombeau ? »

Julien à Diane, 17 h 30
Je suis en bas. Je peux monter ?

Diane à Julien, 17 h 34
« Pourquoi me persécutez-vous ? que pouvez-vous encore avoir à me dire ? ne m'avez-vous pas mise dans l'impossibilité de vous écouter, comme de vous répondre ? n'attendez plus rien de moi. »

Lettre 275
Camille à Julien
À Paris

Oui, très cher Vicomte, j'ai eu ma vengeance, et je vous en remercie. La vie est faite d'heureux hasards.

Comme vous vous en êtes sans doute aperçu, je n'ai pas emmené Louis au gala. J'aurais eu du mal pour tout vous dire : cet homme-là n'a jamais vraiment existé. Si j'ai vécu une amourette avec mon voisin, sachez que ce dernier ne vous arrivait pas à la cheville. Mon seul but en vous parlant de lui était de vous rendre jaloux, et je dois dire que vous avez dépassé mes espérances.

Me voilà donc en robe de Princesse et sans Cavalier. Si vous saviez combien d'histoires j'ai inventées tout le long du chemin pour m'emparer du trophée avant de vous annoncer ma fourberie ! Mais à ma grande surprise, vous paraissiez soulagé lorsque vous me vîtes arriver seule. J'ai compris alors que vous aussi aviez dû inventer toutes sortes de mensonges sur la route qui vous amenait à votre perte. Car fort heureusement pour nous, il n'y avait pas de trophée, il n'y en avait jamais eu. C'est Diane qui est venue à moi. La pauvre petite était presque contente de me voir. Devinez-vous pourquoi ? Elle voulait connaître votre cœur, pardi ; et en tant que meilleure amie, j'allais peut-être pouvoir la renseigner, qui sait ? Elle avait vu juste ; une fois n'est pas coutume. Je l'ai laissé épancher sa jeune âme, je lui devais bien ça, après tout. Comprenez ma stupéfaction, mon cher Vicomte, lorsqu'elle me dit que vous étiez toujours ensemble ! Que vous aviez rompu, certes, mais que depuis, vous aviez passé plus d'une nuit entre ses bras, que vous aviez « pleuré dans son cou » – l'expression est charmante, je la garde –, que vous lui aviez juré un amour éternel, pour vous dédire le lendemain ; bref, je n'ai pas cru un mot de toutes ces sornettes. Je vous sais trop honnête pour m'avoir caché de pareils retournements de situation. Je n'aurais pas été votre amie si je n'avais pas mis un terme au délire de cette jeune fille perdue.

Je sais que vous avez voulu la préserver, mais il est clair que vous vous y êtes mal pris. La folle était encore persuadée de votre amour pour elle ! Mea culpa ? Oserez-vous me reprocher ce qui s'ensuivit ? Les illusions de votre Belle étaient tenaces. Je n'ai vu qu'un moyen de les faire disparaître.

J'ai aiguisé mes ongles et je les ai enfoncés tous crochus qu'ils étaient dans sa poitrine de jeune Vestale. Je lui ai dit que depuis le début nous nous étions joués d'elle. Je lui ai dit quel était notre Livre préféré, et comme nous aimions à nous prendre pour Valmont et Merteuil ; enfin je l'ai remerciée d'être la Présidente de Tourvel que nous avions attendue si longtemps. Mais la petite refusait d'y croire. Alors, j'ai été forcée d'ajouter des exemples précis pour qu'elle me prenne au sérieux. Oh, rien de bien compromettant : juste que je vous avais aidé à la séduire, que j'avais lu tous les e-mails que vous vous étiez écrits, que nous faisions l'amour comme des fous avant que vous ne la rejoigniez et que c'était pour cela que vous étiez toujours en retard, que je connaissais toute sa vie en somme, son Rodolphe, ses parents, ses mauvaises notes... « Et tous ceux qui assistaient en foule à ce spectacle, après avoir vu ce qui était arrivé, s'en retournèrent, se frappant la poitrine. » C'est alors seulement que la petite a pâli. Elle a porté sa main sur son cœur dans un geste d'héroïne tragique magnifique, et elle m'a remerciée. Quelle grandeur d'âme ! J'en étais toute troublée. Mea culpa, mea culpa.

Ainsi donc vous l'aimez à la folie et elle refuse de vous adresser la parole ? C'est triste, mais à qui la faute ? Ne vous avais-je pas dit qu'il fallait tout arrêter avant qu'il ne soit trop tard ? Je crois me souvenir que prise d'un accès de bonté, je vous avais proposé de m'avouer votre amour pour vous épargner une suite funeste. Mais non, vous l'écrivez vous-même, vous avez péché par orgueil, que voulez-vous ? Tant pis. Mea culpa, mea culpa, mea maxima culpa... Mais elle s'en remettra. Et vous aussi.

Adieu, Vicomte ; jusqu'à la prochaine occasion.

De Paris, ce 1er février 19**

LETTRE 276

Docteur Pauline Tuc au commandant Bernard Duval
À Paris, commissariat du 6e arrondissement

Je soussignée, Docteur Pauline Tuc, médecin légiste, certifie m'être rendue le 1er février 19** au 40 boulevard R... à Paris et y avoir personnellement examiné le corps d'un individu de sexe féminin, identifié comme étant celui de Mlle Diane Artois, 19 ans, domiciliée au 40 boulevard R... 75006 Paris.

Cet examen a été effectué à la demande du commissariat du 6e arrondissement de Paris (réquisition de M. Bernard Duval, commandant de police).

Anamnèse (dires de la police) :
Étudiante
Aucun antécédent connu
Situation familiale difficile
A été vue vivante le 30 janvier vers 10 heures du matin
Échec des manœuvres de réanimation

Examen :
Effectué sur place
Le corps a été bougé depuis la découverte
Lividités en rapport avec la position
Rigidité diffuse

Absence de lésions de violences
Pas de corps étranger décelable
Écoulement bilatéral des deux oreilles évoquant une fracture du rocher
Polyfractures : fracture de l'humérus, fractures pluricostales, fractures évidentes des deux jambes
Enfoncement de la boîte crânienne
Traumatisme facial

Conclusion :

Au vu des éléments d'information recueillis et des données de l'examen du corps ce jour, le décès de Mlle Diane Artois que l'on peut dater du 1er février 19** à 1 heure du matin environ est en rapport avec un suicide par défenestration.

Autopsie nécessaire.

De Paris, Institut médico-légal,
ce 1er février 19**

Lettre 277
Julien à Camille
À Paris

Diane est morte. Diane est morte, elle s'est défenestrée. Diane a plongé dans le vide. Diane est morte très chère Marquise et Nous avec elle. Diane ne jouait pas. Ma petite porcelaine avec ses yeux bleu de Chine, Diane qui rendait toujours ses dissertations en retard et qui ne buvait pas de café. Diane est morte et nous sommes vivants. Jamais je ne vous pardonnerai ce que nous avons fait.

Plus de trophée, juste une fenêtre ouverte sur l'avenir et un vague souvenir lorsque devenus vieux nous nous dirons que nous avions bien joué. Parce que nous avons été des personnages de roman. S'il n'y avait qu'une seule leçon à tirer, ce serait de se méfier des pouvoirs de la Littérature. Nous n'avons écrit qu'un médiocre essai, mais un grand Livre ma chérie, un grand Livre finit toujours par nous rattraper. La Présidente de Tourvel meurt, le Vicomte et la Marquise se détruisent. Clairvoyante amie vous nous aviez prévenus. Oh bien sûr vous ne contracterez pas la petite vérole confluente, mais Laclos savait lui les malheurs que peut causer une seule liaison dangereuse.

Bien sûr ce n'est pas notre faute : un suicide n'est jamais l'histoire d'un chagrin d'amour, d'un échec scolaire ou d'une famille morcelée. Un suicide on ne sait pas ce que c'est, alors on préfère penser que c'est génétique, un peu comme la laideur.

Diane est morte, elle s'est jetée du haut de sa tour d'ivoire, une tour d'amour où tout le monde était sincère. Diane est partie, elle a emporté nos jeux d'adolescents et notre insouciance avec elle. Cette nouvelle vous affligera très certainement, comme un coup de poignard dans votre petite tête de sadique. La mort de Diane vous fera comprendre qu'on ne joue pas avec les gens.

Mais la mort de Diane c'est avant tout la mort de notre amour, la mort de la cruauté impardonnée. La mort pour mettre un point final à un délire absurde de deux êtres qui voulaient devenir les maîtres du monde et qui ignoraient qu'ils n'étaient que des pions.

Adieu Marquise de mon cœur, amie de ma vie, nous voilà partenaires de crime pour toujours et pour plus jamais ; je suis aussi coupable que vous dans cette affaire. Fort heureusement ce sentiment ne fait pas partie de ceux que nous sommes en mesure d'éprouver. Aucun regret Marquise, nous avons bien ri ; je vous ai volé votre amour, vous avez volé le mien. Vous l'avez fait de manière plus irrémédiable voilà tout. Diane est morte, pas par amour pour moi et encore moins parce que vous lui avez montré la vérité en face. Diane est morte parce qu'elle n'avait pas voulu accepter la laideur du monde. C'est sa niaiserie qui l'a tuée. Heureux que nous sommes d'être nés cyniques. Heureux que nous sommes d'être nés loups.

Je n'ai pas peur pour vous Marquise, je n'ai pas peur pour moi. Nous nous en sortirons toujours dans la vie, même si deux ou trois agneaux de passage essaieront de nous faire culpabiliser. Diane n'est plus qu'un fantôme, elle appartient au passé. Camille je vous ai aimée plus que personne, la vie qui s'offre à moi est faite de promesses. Vous pouvez compter sur moi pour qu'elle les tienne toutes. Diane est morte et je n'ai que vingt ans. Je ne l'aurais certainement pas aimée toute ma vie, j'aurais bien fini par vous l'envoyer un jour ou l'autre ce satané trophée.

Mais Diane s'est suicidée et nous savons vous et moi.

Nous savons que nous ne pouvons plus jamais nous revoir, parce que les yeux de Diane seront toujours fixés sur nous lorsque nous ferons l'amour, parce qu'il n'est plus aucune raison de faire souffrir qui que ce soit maintenant que nous avons eu ce que nous voulions. Ne vous défendez pas, vous n'avez jamais voulu tuer personne, vous avez juste réussi.

Je pars mon amie, je pars loin de vous. Paris est assez grande pour que nous ne nous y croisions plus jamais. J'imagine mal vivre sans vous et pourtant l'âge adulte est là qui me tend les bras, tout a une fin.

Diane est morte, tout a une fin et j'ai réussi à vous haïr, vous que j'aimais plus que tout au monde, plus que Diane – même si vous ne l'avez jamais cru.

Une lettre de rupture, de vous à moi qui l'eût cru ?

Quelle était cette formule qui me plaisait tant déjà ? Ah oui, c'est cela : « On va y mettre un terme, la vie continue. À Dieu. »

Adieu tout simplement.

De Paris, ce 2 février 19**

* *Des raisons particulières et des considérations que nous nous ferons toujours un devoir de respecter nous forcent de nous arrêter ici.*

Nous ne pouvons, dans ce moment, ni donner au lecteur la suite des aventures de cette société, ni lui faire connaître les événements qui ont achevé la punition de Camille et de Julien.

Peut-être quelque jour nous sera-t-il permis de compléter cet ouvrage ; mais nous ne pouvons prendre aucun engagement à ce sujet : et quand nous le pourrions, nous croirions encore devoir auparavant consulter le goût du public, qui n'a pas les mêmes raisons que nous de s'intéresser à cette lecture.

Note de l'Éditeur.

Pardons

À ceux qui croiront peut-être se reconnaître entre ces lignes. Mes personnages ne sont que de pâles copies de leur réalité.

Remerciements

Gratias Didier Imbot ago.

À maître Florent Loyseau de Grandmaison, commis d'office.

Au docteur Anne Chuc, pour sa prose (d')experte.

Gratitudes

À Delphine et Marie-Sophie, mes bonnes étoiles, les secrets gémeaux qui illuminent ma vie.

À Xavier, the one and only Prince Charming, parce que la vie est faite d'anachronismes.